Rudolf Tarnow

Köster Klickermann

Köster Klickermann

von

Rudolf Tarnow

Poor Biller ut ein Kösterläben
Von Lust un Lew, von Mäuhn un Sträben,
Von Lüd un Land un allerhand
Un ok von bäten Hoeg dornäben.

HINSTORFF VERLAG

Mit einem Nachwort
von Arnold Hückstädt

ISBN 3-356-00360-7
Der Text wurde der Vorlage von 1921
aus dem Archiv
des Hinstorff Verlages entnommen.

1. Auflage 1990. Lizenz-Nr. 391
Buchdesign: Heinz Holzgräbe
Gesamtherstellung: Clausen & Bosse, Leck
Bestell-Nr. 523 046 7

Mien lewen Oellern tau eigen
un tau'n Andenken.

Frühjohrstied

Is Frühjohrstied. – In Sünnenschien,
As würd hüt hogen Festdag sien,
In Hochtiedstaat un itel Pracht
Liggt rings de Ir un lücht un lacht,
As wüßt se sick vör Freud' nich ut,
Un hett sick as 'ne junge Brut,
De sick vör Glück nich faten künn
Un nu mit lachen Ogen stünn
Un jeden dat vertellen müßt:
Uns' Herrgott wier 't, de hett mi küßt,
De hett mi kleidt un hett mi strakt,
De hett so itel schön mi makt,
freut jug mit mi tau dissen Dag,
Dat ok jug' Hart mitslagen mag,
Laat't hüt dat Grüweln un dat Sorgen,
Ward jung an dissen Frühjohrsmorgen!

Wat is se schön, de Herrgottswelt!
Gräun is de Wisch un gräun dat Feld,
Un Busch un Bom de Knuppens drieben,
Will'n länger nich in 't Hüschen drieben,
Hemm lang naug drömt un lang naug lurt,
Tau lang harr all de Winter durt,

Un hett ehr weckt de Sünnenschien:
Wakt up! – Ward wedder Frühjohr sien!
Jug' Tied is kamen, uptaubräken,
Buntköppings wedder ruttaustäken,
Tau End' is nu de lange Drom,
Smückt jug mit Blatt un Bläut un Blaum,
Vull Iwer is de Welt un fliet, –
Is Frühjohrstied! Is Frühjohrstied!

Un all, de dissen Raup vernahmen,
Sünd lies' un sachten ruterkamen
Un seihn sick üm: Is würklich wohr,
De Frühjohrstied is wedder dor!

An 'n Grabenburd Blagoeschen nickt,
Up Gras un Halms sünd Parlen stickt,
Un Bodderblaum un Dusendschön,
De ögen dörch dat junge Gräun:
Is denn de Primel noch nich dor?
De wier de ierst verläden Johr,
Dor tens de Wisch, kort vör de Bäuken,
Kiekt doch mal rüm, helpt doch mit säuken, –
Dor achtern Bülten steiht se jo! –
Un nicken all ehr fründlich tau,
Vull Freud, dat se sick wedderseihn,
Un lüchten all noch mal so schön,
Ein Bäuhn un Blinken wied un sied, –
Is Frühjohrstied, is Frühjohrstied!

De Sülwerknuppens an de Wied
Mit witte Huw ut Samft un Sied,
De blänkern in de Morgensünn.
Ob ehr de Smetterling woll fünn,
 De ierst de Blaumen harr besöcht?

Se richten piel sick in de Höcht
Un loekern iwrig in de Rund'n, –
De Smetterling hett ehr nich fund'n,
Nu nicken s' trurig up un dal, –
He kümmt viellicht ein anner Mal.

Up 't Bäukenholt liggt gräunen Schien,
Süll dat all niegen Maibusch sien?
Wat hatt de Bäuk dat ilig hatt!
Un blänkern deiht dat junge Blatt,
As wier ut itel Glas dat gaten,
Dat ein sick schugt, dat antaufaten.
De Lärchendann steiht in de Neeg, –
Wenn de oll Bäuk dat farig kreeg,
Denn künn dat ok de Lärchendann.
Nu steckt ok ehr dat Bläuhden an,
Ehr Nahwers all, de kieken tau,
Denn maken s' mit, as müßt't man so,
An Busch un Bom, an Struk un Krut,
Wat drämen ded, dat will nu rut,
Dat läwt un wäwt, dat drängt un driwt,
Dat keiner trügg bi 't Bläuhden bliwt,
Un Sünnenschien un Frühjohrsluft
Un weiken Wind un säuten Duft, –
De Hängelbark weigt mit ehr Twieg', –
Un oewerall up Stäg' un Stieg',
Up Brink un Brook, up Wisch un Wäg',
In Busch un Bom, in Knick un Häg',
Sülwst in den drögen Durnenrämel,
Dor singt de Vagel sienen Strämel,
De Baukfink, Meis' un Nachtigall,
Dat jirpt un jiept un jubelt all,
Dat fleut't un siedelt, wied un sied:
Is Frühjohrstied, – is Frühjohrstied!

Ein Handwarksburß mit kroenschen Gang
Güng dörch dat Holt den Fautstieg lang
Un freute sik tau 't junge Gräun –
Juchhei! wat wier de Welt doch schön,
Wat wier't 'ne Lust, bi Finkenslag
Tau wannern dörch den jungen Dag!

Dörch 't Bläderdack stöhl sick de Sünn,
Wull wiesen, wat se malen künn,
Un läd ehr Gold up Blatt un Blaum.
Dat Holt leet as 'n hogen Dom
Mit völe Pielers, stolt un stur,
Ganz baben wier dat Oergelkur,
Dat wier, as klüngen Karkenklocken,
De würden so von wieden locken,
Un sierlich wier 't rings ümher,
As wenn dat Festdagsmorgen wier.

Wat keek de junge Wannersmann!
De Welt seeg em ganz anners an,
So harr he s' jo noch nie nich seihn,
Wier denn ein Wunner hüt gescheihn?
He markt' nich, dat sien Ränzel drückt',
Harr sick den Haud mit Blaumen smückt,
He harr mal hört, das müßte so,
Un harr dunn dacht: Na, denn man tau!
He swengte sienen schewen Haud,
De Bost so vull von Läbensmaud,
He müßt jo ganz verknoekert sien,
Wenn nich bi Frühjohrssünnenschien
Sien Hart in'n Bussen rascher slög,
Wo he sien Jugend mit sick drög,
Wo 't ganze Läben vör em leeg, –
Un licht un läufig wier sien Schritt,
Un Blatt un Blaumen tröken mit.

Doch as he hört' den Vagel singen,
Dunn künn he sick nich länger dwingen,
De Frühjohrsluft, de steek em an,
Juchhei, he wier ein Wannersmann!
Ein Awschiedsleed, dat fööl em an,
Dat wier nu grad nah sienen Sinn,
Sien Oltgesell, de harr dat sungen,
Dat harr so weh un trurig klungen,
Un wenn 't hier ok nich anbröcht wier,
Em wier üm't Hart jo gornich swier,
He wier jo jung und vagelfri,
Mit Trurigsien wier 't nu vörbi, –
Dat Leed wier doch so itel schön,
von Scheiden wier't un Wedderseihn,
Dat olle Leed, dat väl all süngen,
Wenn s' in den wiede Welt ringüngen.

Nu küß ick di tau'n letztsten Mal, –
Adschüß, mien säute Diern,
Un sackt de Sünn an 'n Häben dal,
Bün 'ck all in wiede Fiern,
Nu möt ick di verlaten,
Möt wannern up de Straten,
Doch führt de Weg mi noch so wied, –
Tau jede Stund, tau jede Tied,
Ick denk an di!

Wat is de Ros' so fürig rot,
De du an 'n Bussen dreggst,
De steckst doch nahst an mienen Haud,
Wenn du adschüß mi seggst,
De will ick wohren un hägen,
Is jo dien Lew un Sägen,
Un bün ick denn mal ganz allein,

Ward in dien Ros' dien Og' ick seihn
Un denk an di!

Un wenn ick oewer Johr un Dag
Ok anner Rosen finn,
Dat nich mien Diern gliek twiefeln mag,
Ehr hört mien Hart un Sinn,
Wat wie uns hüt verspräken,
Durt oewer Johr un Wäken,
Un ümmer, wenn de Rosen bläuhn,
Di gräuten se: Up Wedderseihn,
Ick denk an di!

Un 'n Morgen sünd de Rosen rot,
Wat is de Welt so schön!
An 'n Abend sünd se welk un dod, –
Ward'n wie uns wedderseihn?
Ward'n ok vonein wie räten,
Di ward ick nie vergäten,
Ick drück noch in mien letzte Stund'n
Dien rode Ros' an mienen Mund'n –
Un denk an di!

De Handwarksburß in slichten Rock
Slög Takt mit sienen Knorrenstock,
Un as tau End' sien Wannerleed,
Dunn quüll dat ut em hell un heit:
Juchhei! – Juchhei! –

Wo wier he tau dit Wannern kamen?
Em wier 't ein Drom noch alltausamen,
He kem sick as so 'n Vagel vör,
De ut sien Burken flagen wier
Un burrte nu dörch Holt un Feld
Rin in de wiede, wiede Welt.

Un as he nu sien Wäg' so güng
Un üm em her dat klüng un süng,
Ein Bläuhn un Blinken wied un sied,
Up Irden wier jo Frühjohrstied!
Dunn fööl up eins sien Dörp em in,
Wat würd so eigen em tau Sinn,
Vergäten wier de Vagelsang,
He güng mit 'n mal de Dörpstrat lang,
He künn de Katens dütlich seihn,
Dor leegen s' vör em, ein bi ein,
De Kinner güngen nah de Schaul,
Dor leeg de gräune Ahntenpool,
Un in de Smäd güng 't Slag up Slag.
Dor wier hüt wedder heiten Dag.
Nu seeg he ok den Katen stahn,
Wo he bether harr wirkt un dahn,
Un wier em so, as frög dor einer:
Na, Meister Krus', wat makt denn Heiner?
Hett denn de Jung noch gornich schräben?
Noch gornich bäten von sick gäben?
He seeg, wo de de Schullern trök,
He hürte, wat sien Meister sprök,
Dor stünn he vor em, Meister Krus':
De denkt nich mihr nah unsern Hus',
Dat Frühjohrswäder würd em locken,
Nu is he in de Welt rintrocken,
Un wenn de Bengels dat ierst kriegen,
Denn ward ehr dat tauhöchten stiegen,
Denn sünd se kläuker as de Ollen,
Un reisen Volk möt ein' nich hollen.
Am düllsten geiht mien Ollsch tau Kiehr,
Up Schritt un Tritt, dor fählt he ehr,
So lang hett s' mit em rümmerbädt,
Un rümmerstänscht un rümmerrädt,

Nu dat he in de Frömd is gahn,
Hett s' nie em wat tau leiden dahn,
Na, Nahwer Bank, du kennst ehr jo,
Mitünner sett s' uns hellisch tau.
Ick mücht em giern, ick kann nich klagen,
He hett sick ümmer nett bedragen,
Blot harr ick dat vörher all wüßt,
Tau'n Wäwer wier he nich getacht,
Ick weit nich, wo de Jung nah slacht,
He seet tauväl in Grüweli
Un wier dat reine Kind dorbi.

Dat stimmt, säd nu de anner ok,
Up sien Ort wier he liekers klauk,
He harr dat mihrer so in'n Stillen, –
Nu oewer hett he sienen Willen,
Nu ströpt he in de Welt ümher,
Denn Arbeit finden hölt hüt swier.

Ja, nickköppt' Krus', em ward 't noch leid,
Nu markt he ierst, wat Hüsung heit. –
Blot Hüsung? dacht de Wannersmann,
Wenn 't wieder mi nix beiden kann,
Blot Hüsung, wo ick ät un slap
Un nich 'n Spierken Lew ick drap,
De Städ is nich an 't Hart mi wussen,
Hew ok Gefäuhl noch in den Bussen,
Bether wier 'ck einsam un allein,
Nu will ick mi de Welt beseihn,
Denn ümmer is mi so tau Sinn,
Dat irgendwo dat Glück ick finn.

In Sinnen würd he wiedergahn,
 He harr bether verlaten stahn,

Harr in de iersten Kinnerjohren,
De beiden Oellern all verluren
Un wier tau frömde Lüd denn kamen.
Da harren em woll tau sick nahmen,
Doch keiner harr, dat he dat wüßt,
Em giern mal hatt un strakt un küßt,
Würd dat bi anner Kinner dahn,
He harr denn ümmer afsieds stahn.
As ut de Schaul he kamen wier,
Nehm em de Wäwer in de Liehr,
He würd nich fragt, ob he dat möchte,
Ob he ok tau dit Handwark dögte,
He wier ok swäklich man un fien,
Dit mücht för em dat best woll sien,
Un harr denn säten, wäwt un spunnen
Un mit de Tied sick rinnerfunden
Un still sien redlich Arbeit dahn.
De Johre wieren so vergahn,
Se harrn em tau 'n Gesellen schräben,
Doch liekers wier he hacken bläben,
Denn wenn he mal so 'n Janken kreeg,
Dat he ok mal wat anners seeg
Un sprök von Reis' un Ränzelpacken,
Denn kreeg 't Fru Meistern mit dat Snacken
Un mök em soväl Wäswark vör,
Dat 't doch bi ehr am besten wier,
Se harr doch för em rükt un rakt
Un harr so 'n schönes Aeten kakt,
Un wat ehr Mann wier, Meister Krus',
De hööl em doch as Kind in 'n Hus',
Un harr em nie nich drängt un dräben
Un wull ok Wochenlohn em gäben,
Bet sößteihn Schilling süll he stiegen,
Un kein Gesell würd soväl kriegen,

Un süll ok nich mihr Tüffel schellen, –
Un würd em wieder denn vertellen,
Dat he doch ok man swäklich wier,
Kein Nacht künn s' ruhig slapen mihr,
Se künn un künn dat nich verstahn,
He müßt jo vör de Hunden gahn,
He stünn doch up de Welt allein,
Se würd em dor all liggen seihn,
Dor achtern Tuhn, dor wier he bläben, –
He süll doch lewer wieder wäwen.

Denn würd de Ränzel nich mihr packt,
Denn harr s' em wedder runnersnackt,
Un wedder füng von frischen an
Tau wäwen Heiner Klickermann.
Nu oewer harr dat Blatt sick dreiht.
Ein warme, weike Wind harr weiht
Un mit em wier vull Lew un Locken
Dat Frühjohr in dat Land rintrocken.
Dat würd mit all sien Bläuhn un Blinken
Ok in de Warkstuw rinnerplinken,
Würd winken dörch de blinden Ruten:
Upstunds ward 't wedder schön hier buten!
Is Sünnenschien un blagen Häben,
Noch büst du jung un schön dat Läben,
Kumm rut un wanner in de Wieden,
Denn rasch vergahn de Frühjohrstieden!

Dunn harr he fix den Ränzel snürt,
Harr up Fru Meistern nich mihr hürt,
Up einmal steeg dat in em hoch,
Von Stubenluft harr he nu naug,
Nu wier 't vörbi, fri wull he sien,
Wull rut in Luft un Sünnenschien,

Wull ok mal von de Welt wat weiten,
Wull ok sien Läben mal geneiten,
Denn buten klüng 't jo wied un sied:
Is Frühjohrstied – is Frühjohrstied!

So harr he Stock un Ränzel nahmen,
So wier he tau sien Wannern kamen,
Wier rümmertrocken, krüz un quier,
Ja, itel schön wier doch de Ir,
Harr sick beseihn all männig Flag, –
Hüt oewer wier ein Fierdag, –
Dat Holt wier all, he trädte rut.
Vör em breidt' frieges Feld sick ut,
Mit gräune Släg' un Knicks dortwischen,
Tau linker Hand, dor leegen Wischen,
'ne Bäk flööt dörch, hinn'n blänkt' ein See,
Rechts vör em stünn ein Slag mit Klee,
Un vör em, knapp 'ne Viertelstund'n,
Dor leeg ein Buerdörp in 'n Grund'n,
Ein Gaud mit Karkdörp mußt dat sien.
Dat lachte dor in Sünnenschien,
De Däker, as wenn Gold up leeg,
Ein Anbarg rechts tauhöchten steeg,
Dor stünn 'ne Kark ut ollen Tieden,
De Karktorm winkte all von wieden,
Mit Rankels un mit Gräuns bewussen.

Wat flög dat Hart em in den Bussen,
Den Handwarksburßen würd so eigen,
As müßten em sien Ogen dreigen, –
Wo harr de doch dit Dörp all seihn! –
In stillen Stunden wier 't gescheihn,
In Drus' un Drom, in männig Nacht,
Wenn he harr an de Taukunft dacht,

Un harr sick fragt in Sorg un Sinnen:
Wo mag ick eins mien Glück woll finden?
Denn harr ein Dörp so vör em stahn,
Un he harr dor sien Dingen dahn,
Doch wo dat wieder denn so wier,
Dat kem em as so 'n Näwel vör,
Dat steeg tauhöchten un verswünn,
Dat he kein Bild sick maken künn,
Un wier em soans sülwst nich klor, –
Un dit sien Dörp, dat leeg nu dor.
Em wier, as winkte em dat tau:
Ja, kiek du man, ick bün dat jo!
Ick bün dien Dörp, du hürst tau mi
Un mit dien Wannern is 't vörbi!

He lachte lud: Föllt mi nich in,
Nah sowat is mi nich tau Sinn,
Will wieder in de Welt rinteihn,
Will noch recht väl von 't Läben seihn,
Doch glöw man nich, dat ick mi schug',
Un dat ick mi nich rinnertrug',
Nu kiek ick grad dat Dörp mi an,
Will seihn, ob 'ck ok noch fechten kann,
Klopp an de Dören sacht un lies'
Nah olle Handwarksburßenwies',
Ein Stückschen Brot, ein käuhlen Drunk,
Un wieder geht mien Wannerung.

He würd in 't Dörp nu rinnergahn.
Bi 't ierste Hus all blew he stahn,
Dor stünn ein Katen rechter Hand,
Mit Efeu an de Gäwelwand,
Ein Fleederbusch stünn vör de Dör,
Ein Blaumengoren leeg dorvör,

Un schruppt un harkt wiern Stieg un Wäg',
Ick glöw, hier hett de Kram sien Däg',
Dacht bi sick so de Wannersmann,
Dat ierste Hus gliek süht mi an,
As wier dat hier ein gaudes Flag,
Hier klopp ick an un segg: Gu'n Dag!

He klinkt' de Gorenpurt nu up,
Güng lang den Stieg, twei Stuften rup,
Un stünn denn vör so 'n ollmodsch Dör,
De ut twei Hälften zimmert wier,
As se up 'n Dörpen antaudrapen.
De boewelst Klapp stünn sparrwied apen,
He künn de ganze Däl lang seihn.
De Fautborrn wier ut Muerstein,
Wier sauber schürt un blitzenblank,
Un propper leet de smalle Gang,
As wiern de Stein ierst äben gläuht,
Un witten Sand wier oewerstreut.

Süh, dacht bi sick de Wannersmann,
Dit lacht jo einen ollich an,
Is 't up de Däl all glarr un fien,
Wo mag dat denn ierst binnen sien!
Hier geihst du rin un spreckst eins vör!
He klinkte up de ünnelst Dör,
Stünn up de Däl – un kloppte an.
Doch alls blew still. De Wannersmann
Lurt' ierst ein bäten – kloppt' noch mal,
Denn güng de Däl he wieder dal, –
Dunn würd 'ne Dör dor apengahn,
Un ein lütt Diern würd vör em stahn,
Ein Mäten so von dürrteihn Johr,
Den ganzen Kopp vull Lockenhoor,
Un keek den Burßen nieglich an.

„Gu'n Morgen!“ säd de Wannersmann,
„Bün up de Reis' – mi döst grad äben,
Müchst mi nich mal 'n Glas Water gäben?“
Man seeg 't em an, dat Fechtengahn,
Dat würd em noch nich ollig stahn,
He gew sick up de meisten Städen
Mit ein Glas Water all taufräden.

„Blot ein Glas Water?“ lacht' de Diern,
„Wenn 't wieder nix, von Harten giern,
Ick will Se gliek 'n Pott vull bringen!“
Un as so 'n Wäsel würd se springen
Un in de Koek denn rümmerkramen
Und bald ok wedder ruterkamen –
Mit 'n Pott vull Melk, den bödd s' em an
Un lacht' dorbi: „Nu drinken S' man,
Is schiere Melk, – is von uns' Kauh,
Uns' Lieschen melkt noch ümmertau, –
Nu drinken S' doch – dat is för Se,
Mit Water börnen wie uns' Veih!“

De Wannersmann würd Ogen maken
Un lew dat Mäten oewerstraken:
„Bedank mi välmals, du lütt Diern,
'n Pott vull Melk, den drink ick giern,
Dat wier jo gornich nödig west,
Nu büst du ok de allerbest –
Mm-m, smeckt de schön, mm-m, is de fett,
Du büst doch würklich gor tau nett,
Binah tauväl – so, nu bün 'ck satt,
So 'n schönen Drunk hew 'ck lang nich hatt,
Wo heitst Du denn? Dat mücht 'ck woll weiten!“

„Ick? – Dürten Struk, so ward ick heiten,
Mi kennt in 'n Dörp hier jedwerein,
Se oewer hew 'ck noch nie nich seihn!“

„Dat glöw ’ck, mien Diern, dor hest woll recht,
Ick bün ein Frömd, de Arbeit söcht
Un bün tau ’n ierstenmal hier kamen, –
Doch Dürten, dat ’s ’n fienen Namen,
Un kannst so hübsch dorbi vertellen, –
Dien Vadding is woll up ’n Feld’n?“

„Mien Vadding? De is lang all dod,
Mien Mudding seggt, de wier so gaud,
Dat ’s lang all her, bi ’t Bomutraden,
Dor kem uns’ Vadding bi tauschaden,
Wie hemm em dodig wedderseihn,
Nu bün ’ck mit Mudding ganz allein.“

„Dat deiht mi leid, Du arme Diern,
Denn hew ok Mudding lew un giern,
Un help ehr ok un stah ehr bi,
Denn is de lewe Gott mit Di,
Un segg ehr mienen besten Dank!“

„Ach“, säd de Diern, „de is jo krank,
De Doktor hett all wat verschräben,
Ick bün all von de Schaul trüggbläben,
Ick mak in ’n Hus’ nu alls allein,
Ein möt hier doch nah ’n Rechten seihn,
Ick bün jo Mudding ehr lütt Dürt, –
De Däl hew ganz allein ick schürt.“

Den Burßen würd dat Hart so grot,
He säd kein Wurt, he strakte blot
Dat Mäten oewer ’t kruse Hoor,
Dat oewer keek so grell un klor,
As seeg dat Og’ blot Frühjohrsmorgen,
As wüßt dat Hart noch nix von Sorgen.

„Adschüß, lütt Diern, un ängst Di nich,
Uns' Herrgott lett jug nich in Stich,
Un Dien lew Mudding, sast mal seihn,
Is morgen wedder up de Bein,
Un gräut ehr välmals ok von mi, –
Un Du, lütt Diern, Du bliew so bi!"
Gew ehr de Hand – se grient' em an,
Un wieder güng de Wannersmann.

Nu stünn he wedder up de Strat.
Dat neegste Hus, dat leet akkrat,
As wenn 't sien Schaul in 'n Dörpen wier.
Drei Linden stünden vör de Dör,
Dat Dack wier deckt mit Teigelstein,
Von 't Murwarck wier nich väl tau seihn,
Dor rankte Efeu rup un Wien,
Fri würden blot de Finstern sien,

Un ein dorvon würd apenstahn.
De Burß würd bäten neeger gahn, –
Süh dor, he harr ganz richtig dacht,
Hier wier de Schaul, hier gew 't grad Schacht,
De Köster mök de Görn wat klor.
Dor stünn he ok in witten Hoor,
He wier heil olt, man seeg 't em an,
Woll an de achtzig wier he ran,
Un drög ein Käppels un 'ne Brill
Un frög wat ut de Huspostill.

Jä, dacht de Wannersmann bi sick,
Hier hett de Kram woll keinen Schick,
Den Köster will ick man nich stüren,
De ward ehr grad de Lex verhüren,
 De bringt mi säker up den Draw,

Viellicht föllt ok för mi wat af,
He lett so' n lütten kroenschen Snieder, –
Ick glöw, dat best, hier gah ick wieder!

Dat neegste Hus, dat wier kein Katen,
Dat würd so breit un vüllig laten
Un grot un vörnehm würd dat schienen,
Un vör de Finstern wiern Gardinen,
Ok wieren gräune Laden vör
Un stünn 'ne Bänk noch vör de Dör.

Haha, dacht nu de Wannersmann,
Soväl, as ick taxieren kann,
Dit grote Hus, dat lett mi so,
As hürte dat den Paster tau,
De ward nix in den Weg mi leggen,
Den kann ick driest gu'n Dag mal seggen.

He slög den Stoff sick von de Bein,
Würd an sien Tüg noch runnerseihn
Un güng denn rin. Lies kloppt' he an, – –
„Herein, wer singen und beten kann!".
Süh dor, dat harr he richtig drapen!
He mök de Dör blot halwig apen,
Säd sienen Spruch von Wannerung,
Von wägen Spies' un käuhlen Drunk.

„Herein, mein Sohn, laß dich mal sehn
Und bleib nicht auf der Diele stehn,
Bist du auch nur ein Wandersmann,
Ich seh als einen Freund Dich an!"

Wier dit ok nich nah sienen Sinn,
Dat hülp nu nix, he müßte rin,

Doch an de Dör, dor blew he stahn.
De Paster würd entgegengahn,
He wier man in sien Stuw allein,
Un würd em in de Ogen seihn,
So fast un scharp, so vull un fri,
Den Wannersmann würd heit dorbi,
Doch grad so apen keek he wedder
Un slög dat Og' nich vör em nedder,
He harr jo keinen Unrecht dahn
Un brukt' sien Og' nich runnerslahn.

„Komm näher, Sohn, und setz' Dich nieder,
Vom Wandern werden müd' die Glieder, –
Woher kommst Du des Wegs gegangen?"
Un würd sick nu de Piep herlangen
Un stoppte se un stickt' se an
Un keek in 't Og' den Wannersmann.

„Ick bün ut Lütten Techentin, –
Ick ward von Handwark Wäwer sien –
Un wull mi mal de Welt beseihn."

„Mein Sohn, das kann ich schon verstehn,
Besonders in der Frühjahrszeit,
Da wird das Menschenherze weit,
Da treibt es uns, umherzuschweifen,
Durch Wald und Feld und Flur zu streifen,
Doch kommt's drauf an, daß mit Bedacht
Der Mensch es sich zunutze macht,
Daß er nicht blind vorüberzieht,
Wenn um ihn her es grünt und blüht, –
Hast du es mit Bedacht getan?"

„Ja, Herr Pastor, dat hew ick dahn,
Nu weit ick ierst, de Welt is schön,

Bether hew 'ck wenig dorvon seihn,
Sietdem ick reis', kümmt mi dat vör,
As wenn dat all för mi blot wier,
Ick güng dörch 't Holt un dachte mi:
Dit allens bläuht hüt blot för di!"

De Paster keek den Wannersmann
Up eins mit annern Ogen an,
De Handwarksburß, de vör em seet,
Drög buten woll ein stöwig Kleed,
Doch Hart un Seel würd güllen sien
Un in sien Og' leeg Sünnenschien.
Dem Mann könnt' ich Vertrauen schenken,
Würd so de Paster bi sick denken,
Und doch, die Welt ist voller Lügen,
Der erste Eindruck könnte trügen,
Ich möcht' den fahrenden Gesellen
Zuvor noch auf die Probe stellen,
Ob planlos er die Welt durchzieht
Und nur sein Heil im Bummeln sieht.

„Ist denn nur Reisen Dein Begehr?
Man streift 'ne Zeitlang wohl umher,
Gewiß, ich kann es wohl verstehn,
Dann aber soll man in sich gehn,
Ich mein', bei diesem Tun und Treiben
Kann's auf die Dauer doch nicht bleiben,
Man muß auch an die Zukunft denken!"

„Ick will se reinen Wien inschenken, –
Ick bün jo Wäwer, Herr Pastor,
Man korte Tied, denn sitt ick dor
Un wäw un spinn – un wäw un spinn,
Wiel ick mien Nohrung dorbi finn,

Denn sitt ick wedder Dag för Dag,
Dat ick dor nich an denken mag,
In enge Stuw, in ’n lütten Katen,
Un möt mi ’t suer warden laten,
Un arbeit denn för schragen Lohn,
Möt ümmer flietig wieder dauhn, –
Un buten is de Welt so schön, –
Lütt bäten mücht ick noch von seihn.“

„Ich gönn’ es Dir, mein lieber Sohn,
Du hast Gemüt, das merk’ ich schon, –
Ich möchte gerne Rat Dir geben.
Erzähl’ mir mal von Deinem Leben,
Von Deiner ersten Kindheit an,
Wenn ich Dir irgends helfen kann,
Ich tu es gern, vertraue mir,
Ich mein’ es wirklich gut mit Dir.“

De Handwarksburß, de füng nu an:
Sien Nam wier Heinrich Klickermann,
Un wo he burn un tagen wier,
Dat bald sien Öllern he verlür,
Wat nahsten kem un wie un wo, –
Un Herr Pastor, de hürte tau,
Un as tauletzt de anner sweeg,
Sien Läben apen vör em leeg.

De Paster seet un würd nix seggen,
Dat wier, as würd he oewerleggen,
As fööl em äben grad wat in,
As güng ’ne Sak em dörch den Sinn,
Denn wedder keek den Wannersmann
He mit so fründlich Ogen an – –
„Mein lieber Freund, mir fällt was ein,
Das könnte eine Lösung sein.

Zum Weber bist du nicht geschaffen,
Noch ist es Zeit, Dich aufzuraffen,
Doch sei es mit Bedacht getan, –
Was meinst du wohl zu meinem Plan,
Er würde trefflich für Dich passen:
Mein Küster wird mich bald verlassen,
Er ist schon alt und hochbetagt,
Ich habe schon herumgefragt,
Wo ich Ersatz wohl für ihn fände,
So einen, der es recht verstände,
Mit Liebe und mit heiß Bemühen
Die Kinder christlich zu erziehen.
Ich fühle es, Du hast die Gaben,
Du wirst ein Herz für Kinder haben,
Und darauf kommt 's vor allem an,
Mit Wissen ist es nicht getan.
Das kalte Wissen nur allein
Kann nie dem Kinde dienlich sein,
Nicht Klügelei und Kopfzerbrechen,
Es soll das Herz zum Herzen sprechen.
Dem Lehrer wird viel anvertraut,
Daß er am Kinde formt und baut,
Daß er die Pflanze hegt und pflegt,
Damit sie blüht und Früchte trägt,
Und was er in der eignen Brust
An Güte birgt und Lieb und Lust,
Das soll wie Tau und Maienregen
Sich auf die jungen Herzen legen,
Das soll wie heller Sonnenschein
Dem Kinde Licht und Leuchte sein.
Und ist sein Amt auch oftmals schwer,
Man ehrt ihn darum umsomehr,
Denn Segen stiftet er auf Erden, – –
Möcht'st Du wohl Küster bei uns werden?“

De Handwarksburß wier musingstill, –
He wüßt nich, wat he seggen süll.
He Köster? – He süll Köster warden?
Harr em de Paster denn tau'n Narren?
Doch ne, de keek em fründlich an –
„Wie ist's denn, lieber Klickermann?
Mir ist es so, Du bleibst nun hier,
Ich seh den Küster schon in Dir – –"
Un harr so lang he „du" noch seggt,
Diss' Anräd' paßte nich mihr recht,
Bi Handwarksburßen würd dat gahn,
He seeg den Köster vör sick stahn.
„Die Zukunft liegt in Ihren Händen,
Ich würde mich für Sie verwenden, –
Ich habe Vollmacht vom Patron
Und mit dem Dorfe red' ich schon,
Hier gehen Dorf und Gut zusammen, –
Das wird von Alters her noch stammen, –
Ich weiß bestimmt, Sie sind mein Mann,
Auf den ich mich verlassen kann,
Ihr Herz liegt vor mir schlicht und rein, –
Woll'n Sie mir eine Stütze sein?"

Den armen Heiner Klickermann,
Den blew binah de Aten stahn,
De ganze Kram, de kem em vör,
As seet he in de Kinnerliehr,
Dor künn he doch nich plattdütsch spräken,
Wat harr de Herr Pastor woll käken!
„Wenn ich auch möchte, Herr Pastor,
Das kömmt mir all so plötzlich vor,
Ich weiß nicht, was ich sagen soll, –
Mir ist das Herz so hüpenvoll, –
Als Lehrer? – Wird das auch woll gehn?

Werd' ich denn auch genug verstehn?
Das ist ja schon so lange her,
Als ich noch in der Schule wär',
Ich hätt' als Ierster zwar gesessen,
Doch hätt' ich manches schon vergessen, –
Ich würde mir ja Mühe geben
Und würd' nur für die Kinder leben,
Und doch, wenn ich an denken tu, –
Ich weiß woll nicht genug dazu, –
Doch, wenn Sie mir Vertrauen schenken, –
Darf ich 'ne Stunde mich bedenken?
Ich sag' nicht ja und sag' nicht nein,
Ich möcht mit mir alleinen sein."

„Ja, tun Sie das, mein lieber Freund,
Wer ernst es mit dem Leben meint,
Der soll sich reiflich überlegen,
Sofern auf seinen Lebenswegen
Sich ein verlockend Bild ihm zeigt,
Ein neuer Pfad, der aufwärts steigt,
Daß er nicht blindlings ihn beschreitet
Und selbst sich Ungemach bereitet,
Daß er nicht leicht den Rücken kehrt
All' dem, was ihm einst lieb und wert,
Soll nicht gleich ja zu allem sagen,
Soll erst im Stillen sich befragen,
Doch hat er Rats mit sich gepflogen,
Das Für und Wider wohl erwogen,
Und dann im Innern selbst gespürt,
Daß dieser Pfad zum Ziele führt,
Dann soll er nicht mehr rückwärts schauen,
Dann soll mit festem Gottvertrauen
Auf neuem Weg er vorwärts schreiten,
Und Gottes Hand wird ihn geleiten. –

Nun laßt uns in die Küche gehn,
Nach Speis' und Trank uns umzusehn,
Daß sich erquickt der Wandersmann,
Und halten Sie sich tüchtig ran,
Sie sind mir heut' ein lieber Gast
Und pflegen hier der Ruh und Rast.
Ich lasse später Sie allein,
Mein Garten liegt im Sonnenschein,
Dort können Sie auf stillen Wegen
Den Plan sich weislich überlegen,
Und nur nicht ängstlich, lieber Sohn,
Mit Gottes Hülfe geht es schon."

Un Herr Pastor, de güng vöran,
Un hinnerher güng Klickermann,
De harr 't all ganz un gor vergäten, –
Twei slagen Stund'n harr he all säten, –
Wat sien Gewarw un sin Begier,
Dat he tau Fechten kamen wier.

An 'n Nahmiddag in 'n Pastergoren
Güng Klickermann so ganz verluren
In Sinnen ümmer up un dal
Un oewerläd dat all nochmal,
Dat Ganze wier em as so 'n Drom.
Bi 't Schaulhus stünn ein Appelbom,
De würd sien wieden Telgen recken,
As wull he 't Schaulhus an sick trecken,
As wull he dat mit Twieg' und Bläder
Woll bargen gegen Wind un Wäder,
Dat woll un wiß denn wahnen künn,
De Hüsung hier un Heimat fünn,

Un Klickermann, den kem dat vör,
As wenn dat all sien eigen wier.

All, wat de Herr Pastor harr seggt,
Nu seeg he 't in, so wier dat recht,
Tau 'n Wäwer wier he nich getacht,
Mit Grugen harr he oft an dacht,
Sien Läwlang süll he Faeden knütten?
Süll in den engen Wäwstauhl sitten?
Nu wier up eins de Druck vörbi,
He brukt' nich mihr, nu wier he fri,
Un rings wier Glück un Sünnenschien,
Un hier süll he eins Köster sien?
Wo klüng dat – Köster Klickermann!
Juchhei, nu füng sien Läben an!
Ja, furtsten wull he rinnergahn
Un seggen, dat he inverstahn. –

„Na, lieber Freund", säd Herr Pastor,
„Sie kommen mir jetzt anders vor,
Als ich Sie heute morgen sah – –"
„Ja, Herr Pastor, ich sage ja!
Ich sage ja mit Herz und Hand,
Mein heilig Wort als Unterpfand,
Und tu mich so von Herzen freuen
Und sollen es auch nie bereuen,
Daß Sie mir heut so wohlgeneigt
Und haben mir den Weg gezeigt, –
Mein ganzes, fernes, neues Leben,
Das will ich für die Kinder geben
Und will ein Vater ihnen sein."

„Die Hand darauf, schlagt kräftig ein,
Gott segne Sie zu diesen Dingen,
Er lasse alles wohl gelingen!

Sie schlafen über Nacht bei mir,
Und morgen früh besprechen wir
Nach Regelung der Förmlichkeiten,
Wie Sie sich demnächst vorbereiten
In den vier Spezies, im Stil,
In Katechismus, Orgelspiel,
Im Geigen und im Liedersingen
Und allen andern sonst'gen Dingen,
Ich weiß, Sie finden sich hinein,
Ich werde selbst Ihr Lehrer sein,
Wer ernst es meint, vermag gar viel,
Ein fester Wille führt zum Ziel.
'ne kurze Zeit, ein halbes Jahr,
Besuchen Sie das Seminar, –
Ich werd' das Weit're mich befragen,
Die Kosten wird die Schule tragen, –
Und treten eines Tages dann
Ihr Amt mit Gottes Hülfe an."

Se hemm noch mal de Hand sick gäben,
Dat wier ein Swur för 't ganze Läben,
Kein Wurt würd seggt, de beiden sweegen,
Wiel se sick in de Harten seegen.
As Klickermann würd rutergahn,
Dunn würd 'ne Tran in 't Og' em stahn. –

Nachtslapen Tied würd dat all sien,
Dat Dörp leeg still in Maandenschien.
In 'n Pasterhus', dor würd noch ein
Ut 't Gäwelfinster ruterseihn,
In Sinnen stünn dor Klickermann,
Em wier, as keek dat Dörp em an
Un winkte em: Wer hett nu recht?
Wat hew ick di hüt morgen seggt?

Ick bün dien Dörp, du hürst tau mi,
Mit Wannerschaft is ’t nu vörbi!
Du büst för alle Tied un Stunden,
So lang du läwst, fast an mi bunden,
Un wegg, oll Jung, deiht di dat leid,
Dat ick dien niege Heimat heit?
De Arm breidt’ ut de Wannersmann,
As halte he dat Dörp sick ran,
Keek in den kloren Stiernenhäben, –
Ein Stiern würd sachten runnerswäben
Un sick verliern in wiede Fiern, –
Du, bring mi Glück, du lütte Stiern! –
Up eins würd em dat Hart so wied,
Nu brök se an, sien Frühjohrstied!

Saattied

Un wedder is ein Johr vergahn,
Ut Winternacht is uperstahn,
Wat eins in Slap un Slummer fööl,
Wat Is un Snei in Banden hööl.
De Frühjohrssünn von ’n Häben schient,
An Busch un Bom dat driwt un kient,
Un wedder hölt sien Sägenshand
De Herrgott oewer ’t wiede Land.

De Acker breidt sick fri un apen,
Ut dusend Ogen ward he gapen,
He liggt un lurt, ein Hapen stiggt
Dörch Köst un Kraum an ’t Sünnenlicht.
Dat Ackerfeld, dat is nich dod,
Deep ünnen glummt ’ne stille Glaud,
Is ’t nich, as wenn ein Janken treckt,
Dat liesen tau de Minschen spreckt:
Mien Tied is kamen – griept mit an,
Dat ick mien Dingen schapen kann,
Ick bün von ’n Herrgott uterseihn,
Dat ick alltied de Minschen dein,
Dat Sägen bläuht ut mienen Schoot!
Ick dräg dat Kurn un bring jug Brot,

Bräkt up mien Kraum un streut de Saat,
Ick gäw dat trügg, teihnduwwelt Maat!
Ick bün de Born, de ewig flütt,
De ümmer nieges Läben bütt,
Ick bün de gaude Mudder Ir,
De all von uroll Tieden her
Sick för de Minschenkinner rägt,
Mit ümmer niege Säft se sägt,
Ick niehr se all an mienen Bussen,
Se sünd mit mi so ganz verwussen,
As 't gistern wier, is 't hüt un morgen,
Ick ward ok wieder för ehr sorgen,
So lang, as Glaud noch in mi steckt,
Mien Aten up nah 'n Häben treckt!

De Landmann hett dat Raupen hürt,
He hett dat stille Janken spürt,
Wenn 't Frühjohr ward, wenn jung de Welt,
Denn is sien Flag dat Ackerfeld,
Dor fangt sien hillig Warken an,
As dat kein König bäder kann.

Bald treckt de Plaug sien deepe Fohr
Un breckt de Kraum mit isern Schor
Un ritt vonein, wat hart un swier,
Ut dusend Wunden blött de Ir.
Un doch ward 't ehr tau 'n Sägen sien,
Nu kann de warme Sünnenschien
Deep in den Borren rinnertrecken,
Kann nieges Läben uperwecken,
Dat fri se wedder aten kann,
Un Irdgeruch stiggt häbenan.

All, wat de Plaug vonein hett bräken,
Ward sanft de Egg' nahst oewerstraken,

Se glätt't de Ir un breckt de Soden
Un bringt dat wedder all tau'n Gauden,
Un schier un äben liggt dat Land,
Grad so, as wenn 'ne Mudderhand
Ehr Kind, wat oerst se roesen müßt',
Nahst wedder strakt un ei't un küßt.

Is so de Acker wollbestellt,
Denn geiht de Seiher oewer 't Feld
Un streut den Samen vör sick her
Un trugt em an de Mudder Ir,
Un wedder bargt ehr Mudderschoot
Sien Hapen denn üm 't täglich Brot.
De Minsch hett so dat Sienig dahn,
Bi 'n Herrgott oewer ward dat stahn,
Dat gaud de Saat tauhöchtenschütt,
Dat Sünn un Rägen roewerflütt,
Dat Wind un Wäder för dat Land
He toegeln deiht mit starke Hand,
Kein Drögnis schickt un Hagelslag,
Dat bläuhden eins un riepen mag,
Worup de Minsch sien Hapen stellt',
Dat gollen Kurn up 't Ackerfeld. –

Un ok 'ne Saattied ward dat gäben
För jedes junge Minschenläben,
Un 't lütte Hart, dat is dat Flag,
Wo pläugt un seiht ward, Dag för Dag,
Von 'n iersten Ogenblick all an,
Dat eins wat Gauds ut warden kann.
Doch reckt ein Saatkurn nicht allein,
Dat Seihden möt heil oft gescheihn,

Blot einmal seihden is nix nütt, –
Wo ümmer Tied un Stund'n sick bütt,
Dor ward de Saat von frischen streut,
Ward in de Seel deep rinnerseiht,
Un weike Hand un truge Sinn,
De decken s' tau un eggen s' in.
Un löppt se nahst denn up un kient,
Dat ok de Sünn denn roewerschient,
Dat Lust un Lew tau Sied ehr stahn,
Kein Küll un Ruhriep roewergahn,
Kein slechte Saat mit ünnerflütt,
Kein Unkrut mit tauhöchtenschütt,
Licht welkt de lütte Minschenplant,
Hett se ehr Städ' up drögen Sand.
Weitst du ok, wo dat Saatkurn heit,
Dat deep in 'n Harten Woertel sleiht?
Dat is de Lew, de bringt dat trecht,
De Lew, de Kinnerharten söcht,
De Lew, de soväl Mäuh sick giwt,
Dat ehr dat Hart tau eigen bliwt,
Dormit, wenn eins sien Tied breckt an,
Sülwst Lew dat wedder beiden kann.

Wer pläugt un seiht un weidt denn all,
Dat disse Plant so diegen sall?

De Mudder weigt so weik un warm
Dat junge Kind in ehren Arm
Un hödd un hägt dat woll un giern,
As wier 't ehr eigen Ogenstiern,
Hett 't lewer as ehr eigen Läben,
Denn Mudderlew ward allens gäben.

Den Vadder is sien Fleisch un Blaud
Väl höger wiert as Geld un Gaud,

Is ok sien Hand oft hart un swier, –
Sien gröttste Stolt is 't up de Ir,
Ward eins sien Kind so vör em stahn,
Dat he sick wat up weiten kann.

Un in de Schaul ward wiederbugt.
Wat 't Oellernhaus ehr anvertrugt,
Dat sall in Tucht dor wiederwassen,
Sall sick in 't Läben rinnerpassen,
Sall hürn dor männig gaude Liehr,
Dat eins, wenn Tieden rug un swier
Üm Liew un Seel un Sinnen toben,
Dat Hart sick wiest in fasten Globen.
Väl Lew un Tru un Sünnenschien
Sall in de Schaul de Spiesung sien,
Ward disse Kost ehr rieklich baden,
Denn sall de Plant woll gaud geraden.
Ja, Hus un Schaul, se sünd dat Mark,
Se deilen sick in 't hillig Wark,
Denn hillig is 't, so 'n Hart tau häuden,
Tau Däg' un Dieg' dat uptaufäuden,
An sienen Deil mit bitaudrägen,
Dat eins dat bläuht tau Glück un Sägen.

De beste Pläg' doch för de Plant,
De is un liggt in Herrgottshand.
Von baben flütt väldusendmal
De warme weike Rägen dal,
Von baben ward de Sägen fleiten,
Sick up de Minschenharten geiten, –
Wer Em vertrugt, an Em sick hölt,
Is wollbestellt up disse Welt.

Wer harr dat dacht, oll Vadder Behr,
De föftig Johr all Köster wier
Un ümmer rührig noch un frisch
Harr warkt up sienen Sniederdisch
Un harr von hier sien Klass' regiert
Un harr de Görn de Lex verhürt,
Gesäng'n un Sprüch un Hillig Schrift
Un wat 't noch sünß för Saken giwt,
Un harr ehr liehrt dat Einmalein
Un harr up Tucht un Ordnung seihn,
Ehr ok mal dägt de Jack utkloppt
Un näbenbi noch flickt un stoppt, –
De harr sick kort vör Ostern leggt
Un sick den Kram denn still entseggt.
Nu dat de harr sien Dingen dahn,
Up 't Ollendeil wull nahsten gahn, –
He harr sick sport ok allerhand, –
Steek he den Läpel an de Wand,
Gevadder Dod, de röp em af,
Sien Ollendeil würd 't stille Graw,
Un tweiten Ostern wier he graben.
Nu stünn he vor sien'n Herrgott baben,
Üm Räkenschaft dor aftaugäben,
Wat he up Irden dahn un dräben.
Hüt güng de Schaul denn wedder an,
Un hüt süll Heinrich Klickermann,
Den Gaud un Dörp sick utsöcht harren,
As niege Köster inführt warden.

Dat künn ein' marken, Vadder Behr,
De Sniederköster wier nich mihr.
Denn so 'n Spektakel un so 'n Strieden
As hüt harr tau sien Läbenstieden
Kein in de Klass' sick ruternahmen,

Dat wier em doch woll slecht bekamen.
Nu oewer wier kein Köster dor,
Nu nehmen se dat richtig wohr
Un towten in de Klass' ümher,
Grad as bi junge Käuh dat wier,
Wenn Maidag up de Weid se güngen
Un denn as unklauk rümmersprüngen.

Dor, wo oll Vadder Behr harr säten,
De Sniederdisch wier rutersmäten,
Wo sünß de Oll harr warkt un dahn,
Würd hüt so 'n Ort Kantheder stahn,
Un all de Gören, Grot' un Lütten,
Ein jeder wull hier mal up sitten
Un wull mal seihn, wo sick dat mök,
Wenn he von baben runnersprök.

Un baben stünn Fritz Beggerow.
„Nu wäst mal still un hürt mal tau!
Ick ward de niege Köster sien. – –"

„Späl Di nich up!" rööp Dürten Diehn – –
„Du? – Schönen Köster!" säd Korl Menck,
„Du sittst jo up de ünnelst Bänk – –"
„Minsch, snack nich klauck!" lacht' Tete Lock,
„Vör Di harr jo nich einer Schock,
Wenn Du uns mal up 't Dack wust stiegen,
Denn künnst Du sülwst 'n Fell vull kriegen!"

„Wäst still un unterbrecht mich nich,
Sonst werd' ich leicht mal rackerig! –
Du Krischan Bohn, komm hier mal her,
Du gehst ja bald zur Kinnerlehr,
Du mußt ja tüchtig schon was weißen, –

Sag' mal, wo tut der Spruch woll heißen,
Matthäi 6, Vers 18 steht er, –
Wo fängt er an, – na sag', wo geht er?"

„Du büst woll mall", säd Krischan Bohn,
„Ick will Di lewer sünß wat dauhn,
Du weitst jo sülwst nich, wat dor steiht, –
Denn segg mal, wo he heiten deiht – – –
Dor steiht he nu un kickt uns an,
Paß blot mal up, wenn Klickermann
Di nahsten ierst de Bicht verhürt,
Denn sast mal seihn, wat Di passiert!"

„Hü – Klickermann, wat de woll will!
Vör den swieg ick noch lang nich still,
Höst Du 'nen Wäwer denn för klauk?
Wat de versteiht, verstah ick ok!"

„Na, ick hew hürt", meint' Dürten Diehn, –
Se wier in 'n Dörp den Schulten sien, –
„Dat Herr Pastor em bannig mag,
Denn säten hett he, Dag för Dag,
Un ümmer läst un ümmer liehrt,
Un Herrn Pastor hett 't em verhürt,
Un nahst hett de mit Vadern spraken,
Dat Dörp würd keinen Unkop maken,
Ut Klickermann würd noch wat,
So 'n harr dat Dörp noch gornich hatt!"

„Ja, dat 's ok wohr, hest ok recht,
Datsülwig hett mien Mudding seggt",
Un Dürten Struk steek rot sick an, –
„Ick freu mi all up Klickermann,
Ick hew tauierst man mit em spraken,

Un dunn ded he mi oewerstraken,
Ick wier grad von de Schaul trüggbläben,
Ick harr 'nen Pott vull Melk em gäben, –
Dat 't so eins kem, hew 'ck dunn nich dacht!"

„Dorför kriggst ok am iersten Schacht,
Dor freu ick mi all ollich tau", –
Un grietschig grient' Fritz Beggerow.

„Na, ick glöw stiew", lacht' Willem Bull,
"Du kriggst tauierst ein Ledder vull, –
Doch see't jug hen, de Herren kamen,
Se gahn dor up de Strat tausamen,
De Herr Pastor un Vadder Diehn, –
Nu kiekt, wo lett 't den Köster sien
Mit sienen langen Slippenrock – –"

„Sett't jug doch hen", rööp Tete Lock,
„De Herr Pastor süht uns jo stahn,
So – nu sünd s' äben rinnergahn!"

As wier ein mit de Pietsch dorhinner,
So flutschten s' in de Bänken rinner
Un würden all sick so gebieren,
As wenn s' de reinen Engels wieren,
Un as de Dör denn apen güng,
De ganze Klass' tauhöchtensprüng,
Dat harr oll Vadder Behr verstahn,
Dat mußt as up Kummando gahn.

De Paster keek mit fründlich Mien,
Un grienen ded ok Vadder Diehn,
Blot Klickermann wier tau Sinn,
As trädte in 'ne Kark he rin,

Wo blot up em würd jeder seihn,
Wo nu wat Hilligs süll gescheihn,
Em steeg dat hoch mit einenmal,
Denn lööp 't em kolt den Puckel dal.

De Paster nickte allen tau,
He wüßt se all bi Namen jo, –
„Gu'n Morgen, Kinder, setzt Euch nieder! –
Zum ersten Mal sehn wir uns wieder,
Nachdem wir unsern Vater Behr,
Den keine Sorgen drücken mehr,
Den alten Mann vor wen'gen Tagen
zur letzten Ruh hinausgetragen.
Wohl jedem, der wie dieser Mann
Den jüngsten Tag erwarten kann.

Damit Ihr Kinder nicht allein,
Muß hier ein Lehrer wieder sein,
Er steht vor Euch – schaut ihn Euch an,
Es ist Herr Küster Klickermann."

Un Klickermann, de stünn nu dor,
Un all de Ogen, grell un klor,
Würd'n up den niegen Köster seihn –
Gedanken würden roewerteihn.

Dor hemm wi em! dacht Heine Moll. –
Ob de woll grad so as de Oll
Ok haugen ward mit sienen Schacht?
Denn geih't nich gaud! dacht Krischan Kracht. –
Ick mücht woll blot, dacht Krischan Bohn,
He wier nich slimm up Relion –
Mientwägen, dacht Fritz Beggerow,
Sett't em man in – ick segg nix tau,

De Liehrers sünd jo all egal. –
Em lett't ganz gaud, dacht Fieken Prahl,
Em lett dat bäder as den Ollen,
De hett mi lang nich so gefollen. –
Ok Dürten Struk, de keek em an – –
Kennst du mi noch, Herr Klickermann?
Weitst woll noch, as ick Melk di gew?
Kein Druppen in den Pott in blew?
Mit mi sast du taufräden sien, –
Un dorbi mök 's so 'n fründlich Mien,
Un Klickermann, de seeg dat Plinken,
Ganz bäten würd he wedder winken.

De Paster füng tau räden an,
„Mein lieber Küster Klickermann,
Nun stellen Sie sich einmal vor,
Sie stehn vor einem offnen Tor
Und schau'n in einen großen Garten,
Wo viele Pflanzen Ihrer warten,
Sie sind für diese junge Welt
Nunmehr als Gärtnersmann bestellt.

Wir haben in den letzten Wochen
Die Sache gründlich durchgesprochen.
Heut will ich kurz nur wiederholen.
Ich hab' als Lehrer Sie empfohlen,
Beweisen Sie nun durch die Tat,
Daß man für dieses hohe Amt,
Das doch vom Heiland selber stammt,
Den rechten Mann gefunden hat.

Ich hab' zu Ihnen voll' Vertrauen,
Daß Sie nicht leicht die Sache schauen,
Ein schweres Wirken wartet Ihrer,

Sie sind der jungen Herzen Führer,
Sie wissen, daß für jedes Kind
Sie unserm Herrgott haftbar sind,
Es soll dereinst nicht eines fehlen.
Die Pflanzen hier sind Menschenseelen,
In Ihrer Hand und Ihrer Hut,
Sie sind der Eltern höchstes Gut,
Was die in Ihre Hände legen,
Soll'n Sie mit Ihrem Herzen pflegen,
Mit Güte und viel Liebe drin,
Doch auch mit Ernst und strengem Sinn
Soll stets Ihr Auge drüber wachen,
Wenn schlechte Triebe breit sich machen,
Die soll der Gärtner unterdrücken,
Daß sie das Gute nicht ersticken.
Und gibt's mal Ärger und Verdruß,
Wie es bei Kindern kommen muß,
Ein jedes Kind macht einen Streich,
Die Kinder sind sich alle gleich,
Ein Kind denkt anders als die Alten,
Das soll man ihm zugute halten.
Man soll aus solchen kleinen Sachen
Nicht gleich ein groß' Verbrechen machen,
Man sieht's – und drückt ein Auge zu
Und denkt bei sich: Na, warte du!

Sie müssen so des Amtes walten,
Ihr Wirken muß sich so gestalten,
Daß, wenn Sie einst zur Ruhe gehn
Und Sie zurück die Pfade sehn
Und Bilder der vergang'nen Zeiten
An Ihrem Aug' vorübergleiten,
Sie mit sich selber sind zufrieden, –
Das ist das höchste Glück hienieden.

So treten Sie Ihr Wirken an,
Gott sei mit Ihnen, Klickermann!“

„Ich will’s versuchen, Herr Pastor!
Zwar kömmt es mir noch immer vor,
Als wär ich nicht der rechte Mann,
Der alles dieses machen kann.
Doch soll’s am Willen nicht gebrechen,
Und soans will ich offen sprechen:
Wie Sie mich jetzt so vor sich sehen,
Tu ich vor meinem Herrgott stehen,
Der wird es hören, was ich sage –
Ich will von heut an alle Tage
Bis in die ferne Zeit hinein
Den Kindern all ein Vater sein,
Der ihnen treu zur Seite geht,
Soviel in meinen Kräften steht,
Und sollte ich mal Fehler machen,
Im Deutschen und dergleichen Sachen,
Und sollt’ ich mal nicht richtig denken,
Dann wollen Sie mich gütigst lenken,
Wenn Sie mir nur zur Seite stehen,
Dann weiß ich heut, es wird schon gehen.“

He drückte Herrn Pastorn de Hand,
Witt as de Kalk dor an de Wand,
So seeg he ut, sien Ogen lüchten,
As wenn se dat betügen müchten:
Dit is sien hillig isern Will.
De ganze Klass’ wier musingstill,
Lütt Dürten Struk, de wischt ’ne Tran,
So wier ehr dit tau Harten gahn.

„Nun denn ans Werk, auf Gott vertraut,
Der auf die Menschen niederschaut,

Er lasse alles wohl gelingen! –
Wir wollen den Gesang nun singen:
    Ach, bleib mit Deiner Gnade – – –“

De Kinner stünden up un süngen,
De ollen schönen Verse klüngen,
De Händen folgt, stünn Klickermann,
De Sak greep em doch mächtig an,
Em wier dat Hart so oewervull,
As wenn vör Glück dat springen wull.

Dat Leed wier ut. – „Nun, Klickermann,
Die erste Stunde fängt jetzt an
Mit einer Probelektion
Auf unsrer heil’gen Religion.
So war’s von Alters her der Brauch,
Sie kennen diese Sitte auch,
Ich hab’ es Ihnen ja erzählt,
Der Lehrer selbst ein Thema wählt,
Ein Gleichnis oder ein Gebet,
Wie es im Katechismus steht, –
Das liest er vor, und dann bespricht
Er alles, einfach, frei und schlicht,
Was mit den Worten ist gemeint, –
Beginnen Sie, mein lieber Freund!“

Deep Aten halte Klickermann,
Nu füng sien Wark as Köster an,
Un up ’t Katheder steeg he rup,
Dat Bibelbauk, dat slög he up
Un füng mit sien Epistel an,
Dat Glieknis von den Säemann.

„Ich fange an in Gottes Namen.
Es ging ein Sämann aus – zu säen seinen Samen“ –

Dat ganz Kapittel säd he her,
He dachte an sien Kinnerliehr,
As he noch op de Bänk harr säten,
Dit Glieknis harr he nie vergäten,
Und grad för disse ierste Stund'n
Harr he dit Glieknis paßlich fund'n.

As de Epistel wier tau End'n,
Würd he sick an de Kinner wend'n:
„Ihr wißt, wenn draußen Saatzeit ist,
Dann wird der Acker erst gemist,
Dann geht der Haken über her
Un reißt den Boden kreuz und quer,
Dann wird das Saatkorn eingeeggt,
Damit es später Früchte trägt.
Wie dieses Säen wird gemacht,
Daran hat unser Herr gedacht,
Als er dies Gleichnis sprechen tat.
Was aber wurde aus der Saat?"
Un dorup pulte he vonein,
Wat all künn mit de Saat gescheihn,
So slicht, dat 't jedwerein verstünn,
Dat 't sülwst de Dümmst begriepen künn.

Un as tau End'n dat Glieknis wier,
Dunn dacht he nah, dunn kem noch mihr.
„Ein Lehrer", säd he, „noch so klein,
Wird auch 'ne Art von Sämann sein,
Als unser Gleichnis ihn beschreibt.
Auch ihn der Geist zum Säen treibt,
Er streut den Samen rein und klar
Auf seine kleine Kinderschar, –
Man bloß, er läuft nicht auf bei allen.
Bei welchen tut er abseits fallen,

Bockbeinig sind sie, faul und träge,
Da kömmt das Saatkorn nicht zuwege,
Da wuchern nur die schlechten Triebe,
Dafür gibt's nur ein Mittel – Hiebe!
Ist einer, der nicht will und mag,
Dem helf' ich mit dem Rohrstock nach!"
Un unverseihns keek Klickermann
Fritz Beggerow'n hierbi an.

„Bei andern wieder ist der Fall,
Was man ihr sagt, sie hören 's all,
Doch ist die Stunde abgesessen,
Dann ist der ganze Kram vergessen, –
Die merk' ich mir, verlaßt euch drauf,
Die kriegen soviel Sprüche auf,
Die Sache soll sich dann schon lohnen", –
Un keek dorbi up Krischan Bohnen.

„Dann wieder gibt es Dirns und Knaben,
Die wirklich Lust zum Lernen haben,
Man bloß, zuhause herrscht ein Ton,
Da will man nichts von Relion,
Da spricht man nur von eitlen Sachen,
Bald werden's auch die Kinder machen
Und von der Saat bleibt nichts bestehen, –
Da werd' ich zu den Eltern gehen", –
Un unverseihns up Fieken Prahl
Keek Klickermann nu ditmal dal.

„Doch gibt's auch welche, wo die Saat
Ihr richtig Däg und Diegen hat,
Die machen uns das Leben froh,
Ich möcht', sie wären alle so!
Da freut man sich, wenn alles sprießt

Und glatt die Saat zuhöchtenschießt
Un sieht, daß all die guten Lehren
Im spätern Leben sich bewähren, –
Das würd mein Stolz und Freude sein,
Träf' dieses einst bei allen ein!"
Und ditmal keek Herr Klickermann
Lütt Dürten Struk so fründlich an,
He harr 't mit vulle Afsicht dahn, –
He seeg se mit den Melkpott stahn.

De Paster würd so eigen grienen,
He wendte sick an Schulten Diehnen, –
„Nun Schulze?" rädte he em an,
„Was sagen Sie zu Klickermann?"

„Ja, Herr Pastor, de kann so blieben,
De ward ehr woll den Paß verschrieben,
De wier bi Se in gaude Liehr,
De 's bäder noch as Vadder Behr,
Dat Hart hett mi in 'n Stillen lacht!"

„Das haben Sie sehr gut gemacht",
Säd Herr Pastor tau Klickermann,
„So fassen Sie es richtig an,
Mit der Erklärung, die Sie fanden,
Bin voll und ganz ich einverstanden.

Ihr aber, Kinder, groß und klein,
Laßt dies euch eine Mahnung sein,
Nun zeigt durch Fleiß und Dankbarkeit,
Daß ihr mir brave Kinder seid – –
(Fritz Moll un Bohn un Beggerow,
De plinkten sick hier heimlich tau)
Ich weiß bestimmt, dann wird euch allen

Der neue Lehrer schon gefallen. –
Für heute ist die Schule aus,
Packt ein und geht mir still nach Haus!"

In 'n Ümseihn wier de Schaulstuw leer.
As nix mihr tau bespräken wier,
Güng ok de Paster un Schult Diehn,
De Köster würd alleinen sien,
Würd up de leeren Bänken seihn,
Leet alls noch eins vöroewerteihn,
Denn würd he up 't Kantheder gahn –
Un mök sick sienen Stundenplan.

Maientied

Wat klingen de Klocken so eigen dörch 't Land
Un lürren von Fräden un Freuden?
Wat liggt up de Ir, up Heid un Sand,
Ein Lüchten un Locken un Bläuhden?
Wat jubelt so hell de Nachtigall
Ehr Leed in den blagen Häben, –
Wat treckt up eins in de Minschen all
Ein Janken nah Lachen un Läben?

De Mai is jo kamen, de güllen – güllen Tied,
Nu apen de Ogen un de Harten wied,
Laat't Lust un Lew un Sünnenschien
Gäst wedder in jug' Hüsung sien,
Geneit't de Stund'n, so lang se noch dor,
Denn einmal blot is Mai in 'n Johr!

Wo stammst du blot her, du güllen Mai,
Du Quickborn vull Hapen un Hoegen un Freu'?
As uns' lew Herrgott schöw de Ir
Un äben dormit farig wier
Mit bunte Blaumen se tau smücken,
Den Sägenskuß ehr uptaudrücken
Un sick denn nahst sien Wark beseeg,

Wat nu as Paradies dor leeg,
Bi Vagelsang un Sünnenschien,
Dunn würd de ierste Maidag sien,
Dunn läd sick säut tau 'n iersten Mal
De Maientied up Irden dal.

Sünd ok vergahn väl dusend Johr,
Noch ümmer is dat wiß un wohr,
Dat Ilerbest an Luft un Lew,
Wat uns lew Gott up Irden gew,
Dat is de güllen Maientied.
Wenn 't prangen deiht denn wied un sied,
Vull Kraft un Kraasch de Bost sick dehnt,
Dat Minschenhart denn söcht un sehnt
Un vull sick süggt vull Läbensmaud,
Wenn heiter sleiht dat junge Blaud,
Ein nieges Läben breckt jo an,
Wenn allens wedder hapen kann
Un allens gräunt un bläuht un driwt, –
Ick wüßt nich, wat 't noch Schöneres giwt!
Un treckt de Lew in 't Hart noch rin, –
Wo eigen ward ehr denn tau Sinn,
Bi junge Lew, de heil verswägen
Twei Minschenkinner in sick drägen.
O Maientied, so wunnerbor,
Mit Kräns' un Blaumen in dat Hoor,
Wo duft so säut
Dien Wunnerbläut,
In Glanz un Glauten glummt de Häben, –
Wo schön, wo schön is denn dat Läben!

Mit Barkengräun un Pingsteklocken
Wier ok in 't Dörp de Mai rintrocken
Un harr dat smückt mit Bläut un Blaum.
As Snei leeg 't up den Appelbom,
Goldrägen prahlte, in den Fleeder
Süng Nachtigall ehr Hochtiedsleeder,
Un Immen summten in de Strier,
Wo Honnig noch tau sugen wier,
Se kemen hüt tau 'n letzten Mal.
Pingsthilligabend läd sick dal,
De Sünn würd schreeg an 'n Häben stahn,
De Dag füng an tau Rüst tau gahn.

In sienen Goren güng allein,
Üm dor so 'n bäten rümtauseihn,
De junge Köster Klickermann.
Hüt stünd't em all ganz anners an,
Wat harr de Tied doch ut em makt!
As harr dat Glück em oewerstrakt,
As harr he nie nich Sorgen hatt,
So heil taufräden leet em dat.
Un harr ok sünß sick rutersmäten, –
Dat he mal eins an 'n Wäwstauhl säten
Un harr sick plagen müßt un schinnen
Mit Warp un Dauk un flessen Linnen,
Dat wier em nich mihr antauseihn.
So steuersch güng he up de Bein,
So stur un stämmig stünn he dor,
Un wieren doch ierst etzlich Johr, –
Soeben Johr wier 't dissen Frühjohr her,
Dat he in 't Dörp hier kamen wier,
As Handwarksburß un harr hier fecht
Un harr sick nahst up 't Köstern leggt
Un wier denn so behacken bläben, –

Kem oft doch bunt in 'n Minschenläben.
Nu harr dat richtig Flag he funden,
Grad disse Arbeit würd em munden,
Wo he sien Taukunft säker seeg,
Wo 't ganze Läben vör em leeg.

Blot ein Deil wier, wat in em freet:
Dat he noch so alleinen seet,
Allein in Hus un Hof un Goren,
Un wier doch ok all in de Johren,
Wo jeder Mann so 'n Janken kreeg,
Dat he ein Wäsen üm sick seeg,
Wat lachen ded un Leeder süng
Un bäten üm den Bort em güng
Un dit un dat un noch väl mihr, –
Wat ganz un gor sien Eigen wier.
He wull jo liekers gornich klagen
Un harr dat all bether ok dragen,

Denn Bahlken Mudder kakte em
Un rökte em un makte em
Un stoppte ok mal Jack un Büx,
Doch up de Duer wier dat nix,
Brukt' he se mal, denn wier s' nich dor,
Un dit nu all soeben Johr!
Un harr uns' Herrgott sülwst nich seggt:
Der Mann allein, das paßt nicht recht,
Das ist ja all man halbes Leben, –
Ich will ihm eine – Männin geben?
Dat wier 't, de Fru, de würd em fählen,
Ein Og' vull Lew un – Kinnerspälen.

Hüt bi den Abendsünnenschien
Mök he so 'n stillvergnäugte Mien,

As wenn de Mai mit Pingsteklocken
Ok in sien Hart wier rinnertrocken.
Still leeg de Goren as in 'n Drom,
Ein Fink blot süng in 'n Appelbom,
Un Klickermann, de hürte tau,
Em wier üm 't Hart jüst äbenso.
Lies summte he so vör sick hen,
Rök mal an 'n Fleeder hen un wenn
Un sög den Duft in vullen Toegen,
Un af un an, denn trök so 'n Hoegen,
So 'n Grienen oewer 't ganz Gesicht,
As wier em üm dat Hart so licht,
As künn he hüt wat Grot's noch hapen,
As seeg sien Og' den Häben apen.
Denn oewer würd he wedder sinnen,
As künn he nich taurecht sick finden,
As wier üm 't Hart em wedder swier,
As wenn he doch in Twiefel wier,
Ob 't woll so kem, as he sick dachte,
Ob würklich woll dat Glück em lachte.
Ja, Glück un Freud – un Weh un Smart,
De streden sick üm 't Kösterhart. –

Harr sick wat rögt in Nahwers Goren?
Still blew he stahn un spitzt' de Uhren,
Wat güng den jungen Klickermann
Up einmal Nahwers Goren an?
Vergäten wieren Fink un Fleeder,
Vergäten Vagelsang un Leeder,
He würd sick an den Tuhn ranslieken
Un sachten bäten roewerkieken, –
Un furts hett 't Hart em wedder lacht,
An de he äben harr noch dacht,
 De all siet männig Daag' un Wäken,

All johrlang in de Ogen stäken,
Lütt Dürten wier 't, lütt Dürten Struk.
Dor seet se vör em in de Huk.
Un plückte gräune Stickelbiern.

As Maidag leet 't de junge Diern,
De blagen Ogen grell un klor,
De Backen rot un kruse Hoor,
Den Zopp harr s' sick tauhöchtenbunden
Un dor 'nen krusen Kranz ut wunden,
Poor Locken fölen in de Stiern,
De woll nich ganz tau temsen wiern,
De Mund so säut, 'ne Kuhl in 't Kinn,
Dat ganz Gesicht as Sünnenschien,
Un rank un slank, vull Däg' un Diegen, –
Dor künn de Köster Lust woll kriegen.

Wat dauh ick nu? dacht Klickermann,
Ick glöw, ick fang tau hausten an,
Denn raup mit 'n Mal ick ehren Namen,
Dat künn viellicht tau glupsch ehr kamen, – –
Un haust' denn ok, un dat nich slecht.
Lütt Dürten fohrte piel tauhöcht,
„Hugh!" schriete se, „o Gott – o Gott!"
Un stünn denn dor mit ehren Pott,
As wenn s' sick gornich faten künn, –
Harr se nich ahnt, dat dor wen stünn? –
Un as 'ne Ros' steek se sick an,
„Ach – – Se sünd dat, Herr Klickermann, – –
Wat hew ick einmal mi verfiehrt, –
Ick hew Se gornich kamen hürt, – –
Gu'n Abend ok!" un grient' em an.
„Gu'n Abend auch!" säd Klickermann, –
„Noch immer fleißig was zu tun?

Nun laß man heut die Arbeit ruhn,
Du hast gewirkt den ganzen Tag,
Nun 's abends noch, das laß man nach,
Man muß es auch nicht übertreiben,
Man muß da immer Mensch bei bleiben!"
„So geiht 't nich los!" un Dürten grient',
„So lang de Sünn an 'n Häben schient,
Lett uns de Arbeit nich in Stich
Un dit 's jo ok kein Arbeit nich,
Ick wull noch blot 'n Pott vull plücken – –"
Un würd sick wedder runnerbücken.

„So? – Meinst Du das?" säd Klickermann, –
He rädte ehr mit du noch an,
He harr s' jo in de Schaul noch hatt
Un soans dacht sick keiner wat, –
„Dann aber sehe ich nicht ein,
Ich könnt' Dir ja behülflich sein,
Die Bitte mußt Du mir gewähren,
Ich helf' Dir bei den Stachelbeeren."

„Ach ne", würd Dürten wedder grienen,
„Dat würd doch woll tau spaßig schienen,
Wenn dat de annern Nahwers seegen,
Dat oewern Tuhn Se roewersteegen, –
Dat schickt sick nich, Herr Klickermann!"

„Was gehen mich die Leute an?
Was ist denn weiter groß dabei?
Ist Pfingsten ja und Monat Mai,
Wo doch, wie schon die Dichter singen,
Die Knospen aus den Häus'chen springen,
Und ist das überall der Brauch,
Dann kann ich es als Küster auch,

Ich habe auch ein Recht dazu, – –
Jä, Dürten Struk, was sagst du nu? – –“
Un bögte driest de Häg’ vonein,
He harr dat Lock vörher all seihn,
Un würklich wohr, kiek einer an,
De junge Köster Klickermann,
De sleek sick dörch un ’t würd em kleeden,
Grad as de Schauljungs dat so deden,
As wier he rein ut Rand un Band,
Un gew lütt Dürten nu de Hand.

„Sühso, mein Dirn, nun nicht gezaudert,
Nun wird gepflückt, dann mal geplaudert,
Und sollst mal sehn, was meinst du woll,
Gleich ist uns’ Topf dann hüpenvoll!“
Un hukte runner bi de Diern,
Un plückten beid nu Stickelbiern.

Doch mit sien Plücken kem ’t nich wied,
Dat leeg woll an de Maientied,
’n Ogenblick harr he ierst säten,
Dunn harr he ’t Plücken all vergäten,
Wat quälten em de Stickelbiern,
He harr blot Ogen för de Diern,
Un sprök von dit un sprök von dat,
Un dat he harr so ’n Ahnung hatt,
Dat se noch hüt in ’n Goren kem,
Un dat se ’t man nich oewelnehm,
He wull ehr dat man ingestahn,
Dat Hausten – harr he quanswies’ dahn,
Doch plücken mücht he gor tau giern, –
„Denn plücken S’ doch ok Stickelbiern“,
Föl em sien Nahwersch hier in ’t Wurt,
„Se snacken blot in einen furt,

Wenn ick nu ok so plücken wull,
Me' Läw' würd denn de Pott nich vull!"

Doch Klickermann leet sick nix seggen,
De würd sick up dat Swögen leggen,
So'n Maienabend wier doch schön,
He mücht tau giern dat junge Gräun
Un harr ok ierst ein Leed all sungen,
Ob ehr denn nich de Uhren klungen?
He harr dunn grad an ehr so dacht,
Un öfters kem 't all in de Nacht,
Dat he an ehr blot denken müßt, –
Ob se dorgegen nich wat wüßt?
Un ob ehr 's nachts dat ok so güng?
Un ob se dull an Kinner hüng?
Se wiern tauhus an soeben west –
Un Tüffelkauken wier sien best –
Un wat he säd, wier alltausam
Nix wieder as verdreihten Kram.

Un Dürten? – Ach, de wier tau Sinn,
Ehr föl ein olles Märchen in,
As ein lütt Waisenkind harr säten
Un harr sien Brot in Tranen äten,
Bet nahst de Königssoehn denn kem
Un up den Arm dat Mäten nehm
Un rings wier Glück un Sünnenschien –
Man blot, dit würd ein Märchen sien.
Doch liekers hürt' se nipping tau,
Ehr wier üm 't Hart so itelfroh,
So künn se stundenlang noch sitten,
Un plückt! de groten un de lütten,
Wat grad ehr vör de Finger kem,
 Se seeg dat gornich, wat se nehm,

Un würd de Köster gor wat fragen,
Wo se dat Og' müßt rupperslagen,
Denn künn s' vör Bewern gornich snacken,
Denn schöt dat Blaud ehr in de Backen,
Denn güng ehr allens hen un her,
Binah, as wenn se wirrig wier, – –
Wat harr ok blot Herr Klickermann?
Wat keek he ehr so eigen an?
Ehr wier binah, as müßt s' sick schämen,
Un künn 't em doch nich oewelnähmen.

Doch – wenn s' noch farig warden wull,
De Pott wier noch nich viertelvull,
Denn würd dat Tied nu antaufangen.
Fix würd se in den Busch rinlangen. –
„Au!" schriete se un zufft' tausamen,
Se wier an einen Stachel kamen
Un harr sick in den Finger räten,
'ne ganz lütt Ratsch, dat blödd so 'n bäten.
Na, so 'n lütt Ratsch, wat wier dat denn,
Dor keek doch Dürten nich nah hen,
Dat würd jo gornich estimiert,
Se harr sick ok man blot verfiehrt, –
Doch Klickermann, de leet nich nah.
„Was ist denn los? – Was hast Du da?
Hast Dich gestochen? – zeig mal her – –
Das glaub ich woll, das brennt woll sehr,
Und hast Dich so in Acht genommen,
Und nun muß dieses Unglück kommen, –
Ja, das kann sehr gefährlich sein,
Leicht stellt sich Blutvergiftung ein, –
Mir kommt es vor, es schwillt schon an – –"
Un dorbi kreeg Herr Klickermann
Lütt Dürten ehren Finger her,

As wenn 't de höchste Tied all wier,
Un buckt' sick runner mit den Mund'n, –
Un sög dat Blaud ehr ut de Wund'n,
Dat jo de Swulst nich höger steeg,
Dat se kein Blaudvergiftung kreeg.

Lütt Dürten würd as Kalk so witt,
Denn füerrot, so dröp ehr dit,
Wenn s' ok nich wull, se müßte weinen,
Wat künn Herr Klickermann blot meinen?
Wat in so wiede Fiern doch stünn,
Dat se dor nie an denken künn,
Wo künn se sick so hoch verstiegen,
He künn jo väl wat bädres kriegen, –
He stünn vör ehr un höl ehr Händen,
Se fäuhlte heit sien Lippen brennen, –
Wier würklich wohr dit alltausamen?
Wier nu dat Glück doch tau ehr kamen
Un würd nu an tau bläuhden fangen?
Un doch wier ehr so angst un bang'n, –
Laat los! laat los! so wull se schriegen
Un künn dat doch nich ruterkriegen,
Ehr flög dat Hart, se künn nich snacken,
Ehr wier, as süll s' tausamensacken.

As Klickermann seeg Dürten weinen,
Un wieren beid so ganz alleinen
Bi Vagelsang un Fleederduft
Un rings de säute Maienluft,
Dunn künn he sick nich länger hollen, –
'ne Tran wier up de Hand em follen,
De brennte as 'ne gläunig Kahl, –
Nu kreeg he Maud mit einenmal,

He wüßt dat sülwst nich, wo dat kem,

Dat he in ’n Arm ehr einfach nehm
Un hett se drückt, de säute Diern,
De höl ganz still, as harr se ’t giern,
Un buckte ehr den Kopp tauhöcht, –
Un Mund hett Mund un Lippen söcht,
De Welt ringsüm, de wier vergäten,
He höl sien Glück, sien lew säut Mäten,
Sien Dürten – nu sien Ein un All, – –
In ’n Fleeder süng de Nachtigall.

„O Gott! o Gott!“ – dat klüng so weh, –
„Herr Klickermann, wat maken Se!“
Se reet sick los mit einenmal
Un weinte liesing vör sick dal.

„Nun is ’s zu laat! Kuck mich doch an,
Daß ich Dein Auge sehen kann.
Es war ja doch kein Unrecht bei,
Ist Pfingsten ja und Monat Mai!
Komm her, ich sag Dir was ins Ohr,
Das kömmt bloß eins im Leben vor,
Was wir nun sprechen beid allein,
Soll lebenslang uns heilig sein.
Ich wollt es Dir schon immer sagen,
Hab’s lange mit mir rumgetragen,
Daß ich Dich gerne leiden mag, –
Mir war schon so den ganzen Tag,
Als wenn es heute kommen müßte,
Daß ich mein liebes Dürten küßte, –
Und ist nun wirklich auch geschehn, – –
Mußt mir auch in die Augen sehn,
Man zu, nun hab Dich doch nicht so!
Ich bin ja so von Herzen froh,
Ich bin der Glücklichste auf Erden,

Im Himmel kann's nicht schöner werden!
Was hast Du bloß aus mir gemacht!
Hab immerzu an Dich gedacht, – –
Magst mich denn auch klein bischen leiden?"

Lütt Dürten slög dat Hart vör Freuden,
Doch seggen, ne, dat künn se nich.

„Sag du zu mir – – – sag Heinerich!
Sag mal ganz leis: ich liebe Dich! –
Wird's Dir so schwer? Brauchst nur zu nicken
Und mir dabei ins Auge blicken,
Dann weiß ich, ob ich hoffen kann, – –"
Un Dürten ded 't un keek em an,
Mit soväl Lew un soväl Glaud,
Ehr Og', dat säd: Di bün ick gaud!

„Mien Diern! mien Brut!" he fohrt' in End'n,
He föt sien Glück mit beide Händen,
Sien Hochdütsch wier mit 'n mal vergäten,
He hett sien Dürten an sick räten
Un hett ehr küßt den roden Mund,
Recht lang un deep ut Hartensgrund,
Un würd blot dummes Tüg noch snacken
Un hett ehr strakt de beiden Backen,
De würden nu as Rosen gläuhn,
Dat Glück würd jo in 'n Harten bläuhn,
De junge Lew wier rinnertrocken
Bi Barkengräun un Pingsteklocken.

O Maientied, so wunnerbor,
Mit Kränz un Blaumen in dat Hoor,
Hest jeden Minschen einmal bläuht,
 Hest Blaumen up den Weg em streut,

Man blot, wenn bläuht dien Wunnerblaum
Geiht ok tau End'n de säute Drom,
In blage Fiern liggt he bald wied, – – –
Ick gräut di, du mien Maientied!

Eigen Hüsung

Woll makt dat Hoeg, vör sick allein
'ne Tiedlang so dörch't Läben teihn
Un denn dat nähmen, as 't sick bütt.
Ob 't denn von 'n Häben runnergütt,
Ob 't mal eins geiht dörch Nacht un Näwel
Ob Hagelschuer, Snei un Dräwel,
Ob gaude Daag', ob leege kamen,
So as dat kümmt, so ward dat nahmen
Un ob ein' hüt in Kutschen führt
Un morgen em kein Sößling hürt,
Hüt stief vull Geld – un morgen kahl, –
Is ein' man jung, is 't ganz egal!
Vör 'n lütten Fuck is keiner Bang',
Dat Läben wohrt jo noch so lang',
Sien Giertied hett de junge Wien,
Un fri will ok de Minsch mal sien,
So recht von Harten vagelfri.
Doch is diss' Ras'tied nahst vörbi,
Denn lengt em nah ein anner Kost,
Denn treckt ein Janken in sien Bost,
Nah 't Rümmerweitern krüz un quier
Sleiht em tauletzt kein Ader mihr,
Von all dit mag he nix mihr weiten,

Ein Flag möcht he sien eigen heiten,
Wo he kann sitten, woll un wiß,
Ein Hüsung, wat sien eigen is.
Denn kickt he rüm un söcht un sinnt,
Dat he ’nen Kameraden findt,
Dat sick ein Wäsen an em slütt,
Dat sick em ganz tau eigen bütt,
Mit dat vull Hapen un Vertrugen
He sick sien eigen Nest kann bugen.

Un wenn de beiden sick denn funden
Un eins sick sünd mit Hart un Mund’n,
Denn is dat Läben ierst wat wiert,
Un is ok lütt man Hus un Hierd,
Grad an de allerlüttsten Städen
Wahnt oft dat Glück un bläuht de Fräden.

Mit anner Ogen süht de Mann
Sien däglich Dauhn un Warken an,
Mit Iwer he an ’t Dagwark geiht,
He weit, för wen he schapen deiht,
So lang’ hett he alleinen stahn,
Nu sall ’t för twei von flessen gahn.
Un em tau Sieden steiht sien Fru
Un springt mit tau un helpt em tru
Un strakt de Sorg’ em von de Stiern,
Is ümmer willig, woll un giern
Un dreggt mit Lew un lachen Sinn
Den Sünnenschien in ’t Hus em rin.

Un fangt nahher dat Klennern an,
Wennihr woll Tauwaß kamen kann,
Wenn Mudder denn de Daag’ all tellt,
Wennihr de Aderbor sick meldt,

Denn geiht de Mann so kroensch ümher,
Wat doch för 'n dägten Kierl he wier,
Vull Vadderstolt dat Hart em puckert,
He dennigt mit sien Fru un kluckert
Un leggt den Arm ehr üm den Nacken
Un weit ehr soväl vörtausnacken,
Bet Mudder wedder lachen deiht,
Wenn 't ehr üm 't Hart ok anners steiht.

Un kümmt de Stund' un is se dor,
Dat klappern deiht de Aderbor,
Liggt Mudding ok woll mäud un matt, –
Kiekt in de Weig, dor rögt sick wat!
Nu is dat Glück in 't Hus rintagen,
Twei Harten warden dankbor slagen.
De sünd in disse hillig Stund'n
Noch faster an einanner bunden.

Un in de Speiken grippt de Mann,
Dat Brot för 't Hus he schapen kann,
Is ümmer willns un ümmer prat,
Kein Dag, tau lang, kein Stund'n tau laat,
Dor is kein Arbeit em tau swier,
In 'n Nest sünd nu twei Ogen mihr,
Sien Fru helpt mit un rögt de Händ'n,
Denn Frugensarbeit hett kein End'n,
Den ganzen Dag is s' up de Bein,
Sall oewerall nah'n Rechten seihn, –
So warken beid un dauhn ehr Dingen,
Se willn jo ok wat vör sick bringen,
Nu is dat Tied, tauhoptaudrägen,
Up so 'ne Arbeit liggt ok Sägen.

Un is 'ne stille Stund'n ehr kamen,
 Denn sitten se woll beid tausamen

Un seihn sick ehr lütt Wäsen an,
Ob 't woll all Grienings maken kann,
Un freuden sick, dat 't gaud all steiht
Un dat mit ehr dat vörwarts geiht,
Se seihn sick an, ehr Ogen lüchten,
Mit keinen se woll tuschen müchten.

Ein eigen Hüsung, noch so mind'n,
Taufräden sien in 'n Harten binnen
Is 't Ilerbest hier up de Ir,
De König sülwst, he hett nich mihr.

In 'n Kösterhus', nu kiek blot ein!
Is Klickermann nich mihr allein,
Sien Dürten mit de krusen Locken
Is as dat Glück dor rinnertrocken.
Se is hüt Dürten Struk nich mihr,
De Klickermann sien Nahwersch wier,
Se is sien Fru, dat ji 't man weiten,
Fru Klickermann, so ward se heiten,
Man blot, de Vörnam blew ehr doch,
In 'n Dörpen säd'n s' all „Dürten" noch.
Un Klickermann, wo steiht 't em an,
Wo de as Mann sick maken kann!
Kiek, wo he deiht un wo 't em lett
Un wo he sick üm Dürten hett!
De ward dat oewers ok verstahn,
Wat weit s' em üm den Bort tau gahn,
De is up eins, sietdem se Fru,
Lang nich so schämig mihr un schu,
As s' bi de Stickelbeeren seet
Un sick so unnaud küssen leet.

Dat is tau seihn, dat hett sick wendt,
Se hett dat dunn ok noch nich kennt,
Dat wier ok bäten glupsch ehr kamen,
Nahst hett se oewer wohr nu nahmen
Un hett dat wiest ehrn Klickermann,
Wo lew 'ne Fru sick gäben kann.

Oft, wenn s' so seet för sick allein,
Denn würden ehr Gedanken teihn – – –
Denn dacht se an de schöne Stund'n,
As se sick beid tau eigen funden,
As se dor seeten in de Huk,
Un plückten beid an einen Struk,
Un wo dat mit den Finger kem,
Wat Klickermann sick runternehm, –
Un wat se wieder denn so dahn,
Nahst wiern se rin nah Muddern gahn,
Un de harr Ja un Amen! seggt,
Harr Hand in Hand tausamenleggt,
Un Dürten wier 'ne junge Brut,
Nu lacht' se all de annern ut.
Un as 't in 'n Dörp sick rümmersprök,
Wat jeder dunn för Ogen mök,
Wat swögten s' all: Kiek einer an!
Nu 's Dürten Brut an Klickermann, –
Na, leiden hett he s' ümmer möcht,
Un se hett ok sien Ogen söcht,
Dauht man nich so, wi weiten 't ok,
Wi sünd up sowat grad so klauk!
Doch wenn s' tauierst ok bäten säden,
Se wieren dormit sihr taufräden,
Dat Klickermann kein Frömd'n nehm,
Dat ein ut 'n Dörp in 't Schaulhus kem.

Ok Herrn Pastorn harrn se besöcht,
Wat de woll dortau seggen möcht,
Doch de harr fründlich Ogen makt,
Harr ehr de roden Backen strakt,
Un nie würd se sien Würd vergäten,
As se up 'n Sofa bi em säten:
Glückauf, ihr lieben jungen Leute,
Das ist für mich ein Festtag heute!
Ihr habt 'ne gute Wahl getroffen,
Ein schönes Leben steht euch offen,
Um euer Glück ist mir nicht bange,
Ich kenn euch beide schon so lange,
Hab' oft im Stillen euch beachtet, –
Wenn so das Herz zum Herzen trachtet,
Dann sind die Menschenkinder blind,
Weil halbwegs sie im Himmel sind, –
Na, Dürten, brauchst nicht rot zu werden,
Das ist nun einmal so auf Erden, –
Na, schau mich wieder freundlich an,
Glückauf, du Brautpaar Klickermann!

Un denn wier he in 'n Keller stägen
Un kem mit 'n Buddel antaudrägen
Un schenkte in un noch einmal,
Wo gleed de Wien so sachten dal,
Un as se nahsten buten wier,
Dunn güng ehr allens hen un her. –

Un wieder dachte se doran,
Wat drängte dunn ehr Klickermann,
Dat se man ierst in 'n Kasten hüngen,
Dat bald de Hochtiedsklocken klüngen,
Dat künn em gornich fix naug gahn, –
Un se wier ok mit inverstahn.

Un as se bi ehr Utstür seet,
As sniedert würd ehr Hochtiedskleed,
Un wat dat för ein Upstand wier,
Wo nehmen se de Möwel her?
De Tied wier leeg, dat Geld wier knapp,
Ein Bedd müßt sien, ein Disch, ein Schapp
Un Bänk un Stäuhl un Tass' un Teller
Un noch so väl in Koek und Keller, –
Un doch wier alls tausamen kamen,
Se harren olle Möwel nahmen,
Ehr Mudder stürte wat mit tau
Un Herr Pastor mök 't äbenso
Un ok noch annern geben wat,
De harren grad wat oewer hatt,
Tauletzt würd allens farig stahn,
Un nu künn 't an de Hochtied gahn.

'ne lütte Hochtied würd dat blot,
Un doch wier ehr de Dag so grot.
Wo männigmal dacht se noch an,
As se mit ehren Klickermann
Vör Herrn Pastor up 't Altor stünn, –
Dörch 't Karkenfinster keek de Sünn
Un küßte se, de säute Brut,
Se seeg ok gor tau nüdlich ut.
De Karkenstäuhl wiern schrabenvull,
Dat Dörp de beiden ihren wull, –
Un as nahher de Paster sprök,
Wat de 'ne schöne Truräd' mök,
Wat bröchte de dor all tausamen!
As Klickermann in 't Dörp wier kamen,
Dat ierste Hus, de ierste Dör,
De Pott vull Melk kem ok mit vör,
Dunn harr uns' Herrgott dat all wüßt,

Dat dit ein Poor eins warden müßt.
Un so würd 't ümmer wiedergahn, –
Dunn harr se weint 'ne Freudentran,
Sick up 't Gesangbauk runnerbückt,
ehr Heinrich harr de Hand ehr drückt.

Un wieder harr de Paster spraken
Von Lust un Leed un iernste Saken,
Von Not un Dod, von Lew un Tru, –
Un harr se säg'nt as Mann un Fru.

Denn harrn se sungen: In allen meinen Taten, –
Un denn harrn se de Kark verlaten,
Noch einmal klüngen ehr de Klocken,
De Sünnenschien harr sick vertrocken
Un sachten füng't tau drüppeln an, –
Freu di doch, Dürten Klickermann,
Nu ward dat in de Kron di rägen,
Uns' Herrgott schickt di Glück un Sägen!

Nahher harrn se bi Muddern säten
Un harren drunken dor un äten
Un lacht un huchelt hen un her,
Bet dat dat tämlich laat all wier
Un Klickermann all Kniepen kreeg
Un ümmer nah de Klocken seeg,
He drängte sick nah Dürten ran
Un störr se ümmer heimlich an.
He wier mit einmal up verfollen,
He müßt jo morgen Schaul afhollen,
So'n Hochtied wier jo nett un fin,
Doch bäten Slap müßt liekers sien.
Dunn harr s' adschüß ehr Mudder seggt,
Noch eins an 't Mudderhart sick leggt,

As se as Kind so oft dat dahn, –
Un wier mit em in 't Schaulhus gahn.
Un hüt wiern 't grad vier Wäken her,
Dat se in 't Schaulhus kamen wier.

So seet lütt Dürten giern un sünn,
Wenn s' grad mal Tied tau'n Sitten fünn,
Jung' Frugens dauhn dat öfters jo, –
Blot Dürten kem nich oft dortau. –

De Schaul wier ut. – Herr Klickermann
Trök sick 'n annern Kittel an,
In Hus un Hof herümtaukramen
Würd blot de alleröllste nahmen,
Denn würd he in de Stuw ringahn.
Up 'n Disch würd all dat Äten stahn
Un Dürten harr all bäten lurt.

„Hüt hett dat wedder länger durt, –
Du büst 'n ganzen leegen Mann,
Nu kiek de kollen Tüffel an!"

„Sei man nicht böse, liebes Kind!
Du weißt ja, wie die Gören sind,
Ich hab ihr noch was klar gemacht,
So wurd es später als ich dacht,
Es soll das letzte Mal auch sein, – –
O, schmeckt das Essen aber fein,
Das hast Du grade so gekocht,
Als ich es schon als Kind gemocht,
Da ist Muschaten an und Ei, –
Du, den Rezept behalte bei."

„So? – Smeckt di ’t gaud? Denn ät ok man,
Du büst jo ok mien Klickermann,
Mien Kierl, de so vull Klaukheit steckt,
De ümmer hochdütsch mit mi spreckt, – –
Ick mein, nu sünd wi doch allein,
Du kannst dat doch, ick hew ’t doch seihn,
Wust Du Di ollich lew mal maken
Hest ümmer mit mi plattdütsch spraken,
Du Heinerich, kiek mi mal an,
Wo wier dat noch, Herr Klickermann?“

„Nein, liebes Kind, das sind so Sachen,
Das solltest Du man auch so machen,
Du bist nun eine Küsterfrau, –
Ich sag: Wie ist der Himmel blau, –
Du sagst: Wo is de Häben blag, –
Ich sage: träge, – – Du sagst: trag,
Ich will Dir keinen damit stechen,
Ich muß als Küster hochdeutsch sprechen
Und tu es grade mit Bedacht,
Und Herr Pastor hat’s auch gesagt,
Er möchte zwar das Plattdeutsch leiden,
Doch Hochdeutsch würde besser kleiden
Und zu der Schule hört es zu,
Daß ich nur hochdeutsch sprechen tu.
Und darum üb ich mich darin,
Bis ich ganz firm und fest in bin.“

„Denn spräk Du hoch un ick snack platt,
Un deihst du ’t ok, – denn wist du wat,
Ja, Du oll Kierl, kiek mi man an,
Du büst jo doch mien lewe Mann,
Du kannst di noch so vörnehm gäben,
Dien Hart is liekers plattdütsch bläben.“

Dit würd he sick nich seggen laten,
He kreeg se bi den Kopp tau faten,
„Du Racker Du, Du säute Diern!“
Un küßt’ se, as wenn ’s Brudlüd wiern.

Dat wier ein Dauhn, lütt wahnten s’ man.
Uenn’n blot ein Stuw, ’ne Kamer an
Un denn noch ein nah ’n Gräwel rut,
Un doch, se kemen gaud mit ut.
De Wänden wieren kalkt un witt’t
Un denn so ’n bäten oewersprütt’t,
Dat se binah von wieden leeten,
As wiern se richtig mit Tapeten.
Un sauber wier dat all un rein,
Von Spinnwäw wier dor nix tau seihn,
Up de wier Dürten mächtig slimm,
In Stuw un Kamern kröp se rüm,
De Fautborrn sülwst, de müßte ran,
Grad up de Ecken kem dat an,
Vör Dau un Daag’ harr s’ oft all säten, –
Bi ehr künn ein’ von ’n Fautborrn äten.

Un denn ehr Koek! Bröcht s’ den ’n up ’n Draw,
Perrt’ einer sick de Bein nich af!
De lacht! un glummte ok man so,
Un Dürten freute sick dortau,
Ehr Mudder harr den Spruch ehr liehrt:
’ne sauber Koek un blanken Hierd
Un alls an Ort un nix in’n Wäg’,
Wo dat tau find’n, dor hett ’t sien Däg’!

Denn harrn s’ ’n Hof un ok ’nen Stall,
Se harrn jo ok twei Farken all,
Un Häuhner harrn s’, un denn ’ne Kauh,

Ne, pungelig güng 't hier nich tau,
Un würd noch bäder mit de Johren, –
Un denn harrn se den groten Goren
Un dor wüßt Dürten mit Bescheid,
De Goren, dat wier ehr Rebeit,
Den harr se sick als Brut all nahmen,
Dor dörft' ehr keiner twischen kamen.
In Hus un Hof, dor hülp ehr Mann,
De Goren güll em gornix an,
Blot Hand- un Spanndeinst müßt he maken,
För Arwtstrük sorgen un Bohnenstaken,
De Häg' uttühnen un Telg'ns afsagen
Un Meß rinbringen un Poehls inslagen
Un Wader släpen tau 'n Begeiten, –
Dit würd se ehren Köster heiten,
Ok in de Awtböm müßt he stiegen,
Ehr bangt', se künn den Swinnel kriegen.

Doch wat de richtig Arbeit wier,
De Slaweri tau äben Ir,
Dat Graben, Harken un dat Seihden,
Dat Hacken un dat Unkrut weiden,
Dat mök nich einer ehr tau Dank,
Dor harr s' allein de Fingern mang,
Sülwst Klickermann verstünn dat nich,
De mök ehr dat tau nusselig,
He müch ok nich de Bückeri,
He kreeg 't so licht in 't Krüz dorbi. –

Dat Middag harrn s' tau Bost sick slahn,
Un nu süll 't in den Goren gahn.

„Jä, Heinerich, wat kannst Du maken, –
Ierst hal mi mal poor Bohnenstaken,

De Bohnen ranken so tauhöcht,
Weck hebben sick all runnerleggt,
Dor möt ick Stakens näben stäken,
Sünß ward de Kram tausamenbräken.
Denn söchst Du bäten för de Farken –
Un nahsten kannst de Stieg' utharken,
Kriggst dat woll farig, Heinerich?"

„Ja, liebe Frau, das glaube ich,
Mitunter stellst Du mich so hin,
Wo ich doch selbst vom Lande bin.
Als tät ich garnichts von verstehen,
Heut sollst Du mal Dein Wunder sehen."

Un Klickermann, de füng nu an
Un släpte all de Stakens ran,
Dat güng binah in 'n Zuckeldraw,
He wischte sick den Sweit all af – –
„Man nich so dull", würd Dürten raupen,
„Du brukst doch nich gliek Draw tau lopen,
Nu rauhg Di man ierst bäten ut,
Un nahsten plückst Du Mier un Krut."

So güng 't den ganzen Nahmiddag.
Lütt Dürten stünn in 'n Tüffelslag
Un keek dor rüm un würd sick freuden,
De Tüffel würden all all bläuhden
Un stünd'n in Krut, dat wier ein Staat,
Un Kohl un Arwten un Salat
Un Wörtel un de groten Bohnen,
Man künn 't all seihn, dat würd sick lohnen.
„Du Heinerich, nu kiek mal blot,
Weck Bohnen sünd all düchdig grot,
De annern kriegen 't ok all bäten,
Wie können bald grot Bohnen äten."

„Das wäre fein! Die prösselst Du
Und denn ’n schönen Hering zu,
So einen, der viel Melker hat, –
Ich sage Dir, das ist ein Staat!“
Un Klickermann kreeg all dat Sluken,
Dorgegen müßt he gliek wat bruken,
Nah Dürten sleek he sick verstahlen
Un würd sick ierst ’n Säuten halen.

„Ick weit hüt gornich, Heinerich,
Mi würd vörhen so swinnelig,
Mi is mit ’n Mal de Kopp so swier,
Dat Best is woll, ick hack nich mihr,
Ick weit hüt gornich, wo mi ist – – –“

„Das liegt am Wetter ganz gewiß,
Da brauchst Du nicht in Sorge sein,
Wir hören auf und gehen ’rein,
Die Hitze in der Julizeit
Bringt häufig solche Mattigkeit,
Du mußt man erst ein bischen essen,
dann ist die Sache gleich vergessen.
Nachher tun wir zu Muttern gehen,
Um dort ein Stündchen einzusehen.“

Un as he säd, so würd dat dahn,
He würd mit Dürten rinnergahn,
Un as se ierst ’n Hapen äten,
Dunn wiern de Koppweih ok vergäten.

Ehr olle Mudder freute sick,
Un wier ’t ok man ’n Ogenblick,
Se harr denn doch ehr Kinner seihn,
Se seet den ganzen Dag allein.

Un Dürten säd, wat se harr makt
Un wat se harr tau Middag kakt
Un wat de beiden Farken freeten
Un dat se nix in 'n Trog in leeten,
Un wo de groten Bohnen stünden
Un dat se bald weck äten künnen,
So güng dat ümmer hen un her, –
Ok dat ehr leeg hüt worden wier.

De Mudder keek – un hürte tau –
Un dacht bi sick: Dor hemm wi 't jo!
Man blot, dor seet jo Klickermann,
Se stödd ehr Dürten heimlich an,
De markte gliek, se wull ehr spräken,
Un nahsten würd mal ruterkäken,
Un dor kreeg Dürten wat tau weiten,
Dat Blaud würd ehr tauhöchtenscheiten
Un füerrot steek se sick an, –
Wat is denn, Dürten Klickermann?
Doch de sweeg still und säd nix mihr, –
Se wüßt mit 'n Mal, wat los nu wier. –

De Sommer güng, de Harwst brök an,
De Winter kem mit 'n Wihnachtsmann,
Ok de harr wedder Afschied nahmen
Un nu wier 't Frühjohr wedder kamen.
An 'n Schaulhus rankte tiedig' Wien.
So drad de ierste Sünnenschien
Ut blagen Häben runnerflög
Un in dat Dörp denn rinnertög,
Denn künn he einmal dat nich laten,
Ierst flög he nah den Kösterkaten.

De Gäwelfinstern un de Wien,
De müßten sien Vertog woll sien,
As wenn he ganz wat Heimlichs wüßt, –
Dat lütte Kroet von Sünnenstrahl,
Wat wull he hier denn jedesmal?
Wat hett em up den Wienstock bröcht? –
Hier harrn sick twei ein Flag utsöcht
Un sick so 'n bäten inlogiert,
Ein Männken un ein Wiewken wier 't,
Ein jungverfriegtes Meisenpoor.
As müßt 't so sien, so seeten s' dor,
Harrn sick vör keinen Minschen schugt,
Harrn einfach ehr lütt Nest sick bugt,
Un as denn allens wier taurecht,
Harr Mudder Meis'sch vier Eier leggt,
Dor seet s' nu up un ded ehr Dingen,
Un vör ehr Nest, dor seet ehr Mann
Un keek verlewt sien Wiewken an
Un würd sien schönsten Leedschen singen.

Nu güng dat Gäwelfinster apen,
Dor würd ein anner Pöörken slapen,
'ne Hand schöw trügg de Treckgardin, –
Wat hett he lacht, de Sünnenschien!
Ein Kruskopp würd sick ruterbögen
Un nah de Meisen runnerögen
Un keek de beiden grienig an, –
Gu'n Morgen, Dürten Klickermann!
Un nu wier ok de Köster dor,
Keek ok mal nah dat Meisenpoor
Un föt sien Dürten üm den Nacken
Un würd ehr lies in 't Uhr wat snacken, –
Dat müßt woll ganz wat Dulles sien,
Wat keek s' em an, wat mök s' 'ne Mien,

Doch künn man an ehr Ogen seihn,
Dat se dat ganz so bös nich mein'.

„Du büst jo 'n ganzen eischen Mann,
Kiek lewer Di dat Männken an,
Wo de sick üm sien Wiewken hett,
Den ganzen Dag bliwt se tau Bedd,
Un he sitt vör ehr Stubendör
Un singt ehr hübsche Leeder vör, –
Un Du? Du singst kein einzig Leed."

„Mien Diern, Du weitst jo doch Bescheid,
'ne ganze Stund'n laat ick nahst singen,
Sall ick denn ok noch Ständschens bringen?"

„Ne, Heinerich, ick spaß jo man!"
Un küßte ehren Klickermann. –

Un hoch un höger steeg de Sünn,
Un wo se 't jichtens maken künn,
Läd warm se einen Sünnenstrahl,
Up all dat Bläuhn un Wassen dal.

Un Meisenmudder brödd un seet.
„Hüt is 't ok gor un gor tau heit,
Mi is ganz swiemelig all tau Sinn,
Mi slapen beide Bein all in,
Un mien oll Kierl, de burrt ümher
Un singen deiht he ok nich mihr,
Wat hett so 'n Wiewken dat doch slimm,
Harr ick doch blot mien Tied ierst üm!
Nu sitt ick hier all Daag' un Wäken
Un würd all gistern dormit räken –
 Doch holl mal stopp, wat is denn dat,

Mi kümmt dat vör, dor rägt sick wat, – –“
Se böhrte hoch den einen Bein,
Harrjeh, wat kreeg se dor tau seihn!
Dat ganze Nest wier hüpenvull
Dat kröp dor rümmer as verdull,
De Snawels up, als wulln sc schriegen –
„Ja, ja ji süllt jo gliek wat kriegen!
Piep – piep! wo is denn blot mien Mann,
Piep – Piep! kiek Di dien Görn mal an, –
Na, Meisenvadder, büst taufräden?
Sünd s’ Di nich ut de Ogen snäden?“

Doch Vadder Meis’, de mök ’ne Mien:
Nu ward vörbi dat Bummeln sien,
Dat Vadderspälen hett sien Mucken,
Nu kann ’ck mi in de Fingern spucken,
Kann säuken un kann rümmerstiegen,
Üm diss’ Trabanten satt tau kriegen,
Na, dit passiert mi ok nich wedder!
Denn oewer plust’ he sick ’ne Fedder
Un rädte in so ’n vullen Ton,
As junge Vadders dat so dauhn
Un smeet sick mächtig in de Bost:
„Na, wenn ’t denn ok ’nen Sößling kost,
So ’n bäten Hoeg is doch dorbi, –
Vier stramme Jungs? Un all von mi?
Up einen Slag? Hurra – hurra!
Dat makt so licht mi keiner nah!“

He hett ’t den Baukfink gliek vertellt,
Un de hett fix dat wiedermeldt,
Un ’t durt’ nich lang’n, dunn wüßten ’t all
De Draußel un de Nachtigall,
Un up den Tuhn de Sparling seet:

Jiep – jiep! jiep – jiep! Ick weit Bescheid!
Un 's abends wüßten s' alltausamen,
Bi Meisens wier jung' Tauwaß kamen.

De Aderbor up 't Schultendack
Hett ok wat hürt von dissen Snack,
He stellte sick up einen Bein,
Würd scharp nah 'n Köster roewerseihn, –
„Wat?" klappert' he, „wat hett sick dat?
Paßt up, denn hew ick ok noch wat!
In 'n Kinnersoll, dor liggt di ein,
So 'n strammen Jung hew 'ck lang nich seihn,
Un dissen Jung, den hal ick nu
Un dräg em nah de Kösterfru!
Se hett all lang'n so 'n Janken hatt,
So mak ick dat – so mak ick dat!"
Un würd mit Wippen un mit Weihden
De Flünken uteinannerbreiden,
Un makt ierst dit de Aderbor,
Denn durt nich lang'n, denn is he dor,
Smitt ein von sien lütt Minschenkinner
Paldangs denn in den Schostein rinner,
Bitt Muddern fix noch in de Bein, –
Un dat Mallür is denn gescheihn,
Un de 't denn hett, de swiggt ganz still
Un denkt bi sick: Dit 's Herrgotts Will!

In 'n Kösterhus', in 'n Himmelbedd
Leeg bleik un doch so säut un nett
Lütt Dürten mit so 'n glücklich Mien,
Nu würd se junge Mudder sien.
Un ehr tau Sieden seet ehr Mann
Un keek mit soväl Leew ehr an
Un harr se an de Hand tau faten,

As wull he s' gornich los mihr laten, –
Un würd ut heiten Harten bäden.

„Mien Heinerich, büst nu taufräden?"
He nickt' ehr tau: „Mien Dürtendiern!"
Un küßte ehr de bleike Stiern
Un hett ehr sanft de Backen strakt –
„Wat hest Du hüt mi glücklich makt!
Kiek, uns' lütt Jung – uns' stillet Janken, –
Dit will ick Di tiedsläbens danken."
Un Dürten mök de Ogen tau,
Dat Hart vull Glück un säute Rauh. –

Un dörch de Ritz in de Gardin
In 't Finster rinner keek de Wien,
Un as he seeg, 'ne Weig stünn dor,
Vertellt' he dit dat Meisenpoor.
Piep! röp de Oll, dat ward mi freuden,
Piep – piep! ick gratelier jug beiden,
Doch ick hew vier – un ji man ein,
Denn laat't mi mal den Jungen seihn!
He schulte dörch de Treckgardin –
Ja, de is gaud, so möt he sien,
Dat is ein Dauhn, dat möt ick seggen,
Mit dissen wardt ji Ihr inleggen,
Vör dissen brukt sick kein tau schämen,
Dor kann sick Bispill ein an nähmen, –
Ick will jug gliek 'n Ständschen bringen,
Mien bestes Leedschen will ick singen! –
Un läd nu los, as müßt man so,
Meis'sch Mudder nickt' mit'n Kopp dortau, –
Un wier ein Leed vull Low un Dank.
Dat klüng de ganze Dörpstrat lang, –
Hier flög nu grad tau 'n letzten Mal

Ein güllen Abendsünnenstrahl,
Dat würd de Strahl von morgens sien,
Dor bi de Finstern un den Wien, –
De hett dat hürt un hett sick freut
Un hett noch einmal glummt un gläuht,
Denn is he trügg nah 'n Häben flagen
Un hett den Dank mit rupperdragen
För all dat Glück, wat up de Ir
Twei Minschenkinner baden wier. –

Warkeldaag'

Un priest ji ok de grote Stadt
Un striekt se rut üm dit un dat
Von wägen all ehr Herrlichkeiten, –
Von all den Kram mag ick nix weiten,
Dor sleiht mi gor kein Ader nah.
För 'n Ogenblick segg ick woll ja,
Bald oewer mark ick klipp und klor,
So as dat lett, is 't all nich wohr.
Blot Hasten, Drängen, Lust un Larm,
Dat Hart in 'n Liew ward nich bi warm,
Dat bliwt dor kolt un schrumpt tausamen
Un lett kein wohre Freud upkamen,
Dor fählt de warme Sünnenschien,
Up 'n Land'n ward de ganz anners sien.
Ein grotes Burken is de Stadt,
De Minschen tiedig mäud un matt,
Dat schüwt un drängt sick up de Straten,
Un doch fäuhlt sick de Minsch verlaten,
Mag he ok dusend üm sick seihn.
He bliwt doch frömd un steiht allein.

Ick bün ein Fründ von 't platte Land,
Dor swür ick up mit Hart un Hand.

Dor groehlt kein Larm, dor qualmt kein Rook, –
Up Holt un Feld, up Brink un Brook
Breidt sick de gäudig Herrgottswill,
Dor ward dat Minschenhart so still,
Nich Minschenwark ut kollen Stein,
De Herrgott sülwst is rings tau seihn.
Dat Roggenfeld waugt em tau Dank,
De Lewark singt em Lowgesang
Un em tau Ihren ruuscht dat Reid,
De Ir dreggt hier ein güllen Kleed,
Up Wisch un Wäg de bunte Blaum,
In 'n Holt de knorrig Eikenbom, –
Wat läwt un wäwt, dat wiest nah baben,
Willn all den Herrn un Meister laben.

Up friege Rüm, up apen Flag,
Diegt ok ein anner Minschenslag,
Hier fäuhlt sick keiner vagelfri,
Hier steiht de ein den annern bi,
Tausamen drägen s' Freud un Leid,
As Nächstenlew dat föddern deiht.
Un denn ward eins vör allen Dingen
De Minschen hier tausamenbringen:
Ein jeder möt hier düchdig ran,
Ahn Arbeit kein' wat warden kann,
Bi Mäuh un Sweit ward jeder grot,
Von sülwst waßt nich dat däglich Brot,
Un so bliwt 't bi dat ganze Läben, –
De Arbeit is de Kitt hier äben,
De hölt de Minschen fast tausamen,
Dat s' nich up dumm Gedanken kamen.

De Landmann lewt de Warkeldaag',
 Se sünd em nich tau Last un Plaag',

Mit Wedderwillen ward 't nich dahn,
Mit Lust ward an de Arbeit gahn.
Morrns mit de Sünn geiht 't all an 't Wark,
Mit Hack un Plaug, mit Seiß un Hark,
Un ierst, wenn s' wedder runnersackt,
Ward 't Handwarkstüg tausamenpackt,
Un ob dat kolt un ob dat heit
Un klackt mal von de Stiern de Sweit,
Giwt 't Quesen mal, – dor ward üm lacht,
De Minsch is anners hier getacht.
He weit, de Arbeit is ein Sägen,
Dortau hett he sien Knaken krägen,
Nich blot tau'n Äten un tau'n Slapen,
Ne, warken sall de Minsch un schapen,
So lang' de Händ'n he rögen kann, –
Ierst, wenn he olt, geih 't sachter an.

So wier 't up 'n Land'n von Öllers her,
't wier trurig, wennt 't eins anners wier.

In'n Kösterhus' is Warkeldag. –
Wo 't woll de beiden kleeden mag,
Teihn lange Johr hemm wie s' nich seihn,
Laat s' jug mal munstern, ein bi ein!
Dor kümmt he grad, Herr Klickermann.
Nu süht 'n em den Köster an,
He is 't von buten un von binnen.
Wat steiht he dor so deep in Sinnen?
Wat dörch den Kopp em nu woll geiht,
Ob an sien Schaul he denken deiht?
't kann sien, doch 't giwt ok anner Saken,
De em mitünner Koppweih maken,

Nich blot de Schaul is sien Rebeit,
Dat ganze Dörp weit hüt Bescheid,
Hett einer wat un brukt mal Rat
Un kümmt wat Leegs em in de Flaat,
Wo he kein Lock in finden kann,
Denn wendt he sick an Klickermann.
De spreckt sick ut denn fri un apen
Un hett 't noch ümmer richtig drapen.
Ob ok de Sucht noch in em steckt,
Dat he am lewsten hochdütsch spreckt?
Ja, dat is so bi'n Ollen bläben,
Ahn hochdütsch kann he mal nich läben,
Doch still, he geiht an 't Finster ran
Un fangt mit wen tau snacken an.

„Na, liebe Frau, was ist das nur,
Die Klocken sind halb sieben Uhr
Und von den Kindern nichts zu sehen –
Es wird doch Zeit bald, aufzustehen."

„Se kamen all – 'n Ogenblick,
Ick hür se all, se strieden sick, –
Dor sünd se jo! – 'n Morgen, Friederich,
'Morgen, mien lütt Gret, mien pummelig!"

Wat? Greten? – wo kümmt de denn her?
Ja, ein allein, dat is nich mihr,
Hüt sünd 't all twei, vör soeben Johr
Kem noch mal eins de Aderbor.

So hett sick dat! – Denn kamt mal rut!
Wat? – Dit wier eins de slanke Brut?
Dit 's Dürten? – De 's jo rund un dick!
O Dürten, du büst gaud bi Schick,

Du hest di düchdig ruterleggt,
Un 't kleedt di dorbi gornich slecht,
De krusen Hoor, de roden Backen, –
Warst du noch ümmer plattdütsch snacken?

„Dor sünd Dien Görn, nu kick 's Di an!
Wat meinst woll, Vadder Klickermann,
Dor kannst Di ollich wat up weiten,
Dien Friederich – un hier mien Greten,
Ne, mien lütt Jung, laat gaud man sien,
Grad so as Greten büst ok mien!"
Un ehren Jungen würd se straken,
As wull se wedder gaud dat maken.

„Gu'n Morgen, Kinder! Kommt mal her!
Euch wurde woll das Aufstehn schwer,
Ihr wißt es doch, die Morgenstunde
Hat sozusagen Gold im Munde."

„Ich wollte auch", säd Friederich,
„Man Greten war 's, die wollte nich,
Die hat 'n Strumpf mir weggenommen,
Ich konnte da nicht eher kommen."

„Na, Grete?" – „O! is garnich wahr!
Er hatte noch ein ander Paar,
Der eine Strumpf lag vor der Tür, –
Ich kann da aber garnichts für – –"

„Ja, den hast Du da hingeschmissen, – –"

„Nun will ich nichts mehr davon wissen,
Was sind das all für dumme Sachen, –
Laßt Euch von Muttern fertig machen!"

Un Dürten würd ehr Greten straken:
„Du möst doch ümmer Undoeg maken,
Dat Kroet, dat kann so tutig snacken,
Un dorbi hett s' den Schelm in 'n Nacken!"

„Jä, liebe Frau, mir fällt da ein, –
Sollt dies auch woll erblich sein?"

„Nu kiek, nu fangst mit mi woll an?"
„Ich mein' ja nur", säd Klickermann
Un plinkt ehr tau un hackt' ehr ünner,
Denn güngen s' all in 't Schaulhus rinner. –

Dat ganze Läben von de beiden
Würd blot sick üm ehr Kinner dreihden,
Un wenn se mal tausamenseeten,
Un sick dat dörch den Kopp gahn leeten,
Denn güng 't mitünner striedig tau,
Denn jeder wüßt't am besten jo.
Doch fast blew Vadder Klickermann,
He seeg de Sak as Köster an,
Dat he sien Kinner vörwarts kreeg,
Dat anner kem in twei'te Reig,
Un Friederich, de liehrte licht,
De wüßt sien bibelsche Geschicht,
De blew nich einmal dorbi stäken,
Un schrieben künn de Jung un räken, –
Ut sienen Jung wull he wat maken.
He harr mit Herrn Pastor all spraken,
De wier jo Pät an Friederich
Un Fru un Kinner harr de nich,
Un de wier ganz mit inverstahn,
 De Jung müßt nahst up Schaulen gahn.

Un nu güng 't los, nu würd 't 'n Läben!
De Paster würd em Stunden gäben
In'n Dütschen un in frömden Spraken,
Un Friederich, de würd sick maken,
De wier mit soväl Iwer bi,
Dat wier vör em 'ne Spälcri,
Un wenn he denn tau Haus mal seet
Un sick den Kram verhüren leet,
Wat keek denn Vadder Klickermann,
Füng Friederich mit „mensa" an.
Sien Jung latinsch! Soehn Friederich!
Ne, uttaudenken wier dat nich!
De sprök, as tau Pilatus Tieden,
As uns' Herrn Jesus müßte lieden,
De ollen Römers spraken harren?
De Jung, de künn jo – Paster warden.

Doch Dürten wier dat gornich mit,
Se schürrt' den Kopp: „Wat sall denn dit!
Wat möt de arme Jung sick quälen!
Dor laat em lewer rümmerspälen.
Du süst doch up 'n Irdborrn blieben!
Wenn einer räken kann un schrieben
Un nimmt sick sienen Gripps tausamen,
De ward denn ok woll wiederkamen.
Nu sall de Jung Latinsch noch spräken
Un sick dorbi de Tung afbräken, –
Ne, Heinerich, Du mötst 't jo weiten,
Dat 's nix för mi un mien lütt Greten!"

Ne, Dürten füng dat anners an,
Mit Lew kreeg se ehr Kinner ran,
Tau 'n Vadder harrn se ok Vertrugen,
Up Muddern würdn se düller bugen,

Un wenn s' ok lew tau Vaddern wiern,
Ehr Mudder harrn se mal so giern,
Un harr mal einer irgend wat,
Denn säd he lies sien Mudding dat,
Un Mudding bröcht dat all in Reig,
Ahn dat denn Vadder wat von seeg.
Un harrn se denn mal Undoeg dahn,
Denn würd se nich nah Vaddern gahn,
Denn gew' 'n Ding, – un denn wiert 't gaud,
Un nahsten gew 't noch Honnigbrot.
Ehr Mudding nehm dat nich so swier,
De wier vergnäugt un lachte mihr.

Dat oewer harr 's sick utbedungen,
He künn dat maken mit den Jungen,
Dat de Latinsch un so wat nehm
Un nahsten up de Schaulen kem,
Dat wier mit Jungs nu einmal so,
De hürten mihr den Vadder tau, –
Doch mit ehr Diern, mit ehr lütt Greten,
Wull se von dissen Kram nix weiten,
De brukte nix von disse Saken,
Dat würd se ganz alleinen maken,
So 'n düchdig Diern süll dat mal warden,
As se in 'n Dörp kein twei'te harren.

„Na, denn man zu", säd Klickermann,
„Woll'n sehn, wer nun am besten kann!"

De Warkeldag bi Klickermann
Füng Sommerdags all tiedig an,
Bet henne fiewen würd blot slapen

Un denn würd ut de Posen krapen,
Un Dürten würd 't am lewsten seihn,
Wiern se klock vier all in den Bein,
Klock fiew harr s' gor kein Rauh nich mihr.
Wat denn ehr Mann, de Köster, wier,
De kreeg up 'n Hof dat Rümmerwarken,
Seeg in den Stall nah Swien un Farken,
Nah all siehn Veih, nah Hahn un Hauhn, –
Dat Faudern doch würd Dürten dauhn, –
Drög Water in de Gordentunn,
Güng ok mal nah de Immen run
Un keek bet sößen so ümher,
Ob alls in sienen Schick ok wier,
Mitünner würdn ok Rupen söcht,
Denn wedder mal würd Meß utbröcht
Un in de Bucht frisch Streudels schürrt.
Üm sößen würd de Bädklock lürrt,
Dat hürte tau sien Amt un Wark,
Dor up den Anbarg leeg de Kark,
Un tweimal daags müßt he dor rup.
Tau Hus gew 't nahst 'ne Klütersupp,
Mit 'n ollichen Kanten Brot dortau,
Dick Bodder up, as müßt 't man so,
In'n Äten wiern s' nich pungelig,
Se harrn dat jo, worüm ok nich!

Wenn he sick denn vernüchtert harr,
Nehm he sick Hark un Schüpp un Karr
Un denn güng 't iwrig an de Wäg'.
De ganze Kram harr denn ierst Däg'
Un denn ierst wier dat Hus in Reig,
Wenn he sien Stieg' all sauber seeg.
Dat ded he all de ganzen Tieden,
Kein Spierken Unkrut künn he lieden,

Dor wier he reinweg up versäten,
Wier 't noch so lütt, – 't würd ruterräten.
Un wier nahst harkt un alls tau Schick,
Denn stünd he dor un freute sick.

Klock soeben güng Herr Klickermann
Denn in sien Klass', de Schaul füng an.
In einen Rum würd alls dor sitten,
De Groten hin'n un vörn de Lütten,
Un rechts de Jungs un links de Dierns,
Un woll an vierdig Kinner wiern s'.
Un disse all wat bitaubringen
In Räken, Schrieben, Läsen, Singen
Un ierst in bibelsche Geschicht,
Dat harr sien Knäp, dat wier nich licht.
Ja, wenn s' in einen Öller wieren,
Denn künn he all datsülwig liehren,
So oewer seeten weck dortwischen,
De wiern tau grot all für de Dischen,
De klemmten sick all in de Bänk, –
So einer wier dor Krischan Menck,
De grote mit de Polkerhoor,
Na, 't wier jo ok dat letzte Johr,
Bet Ostern würd dat blot noch durn,
Denn trök in Deinst he bi den Buern, –
Un in de Midd, dor wier dat Flag,
Dor höl sick up dat Middelslag,
De all so 'n bäten Ahnung harrn,
Un denn würdn s' ümmer lütter wardn,
Bet ganz nah vörn de lütten Gören,
De dissen Ostern kamen wiern.

Doch Klickermann, de würd 't verstahn,
 De Sak würd glatt von Flessen gahn,

Up sowat harr he plietschen Sinn,
He deilte sick den Kram so in
Un wüßte mit sien Klass' Bescheid,
Dat ok nich einer müssig seet.
Wenn he tauierst de Lütten nehm
Un ehr mit Baukstabieren kem
Von wägen a un i un o,
Denn keeken nich de Groten tau
Un künnen sick de Tied verdrieben,
De müßten up de Tafel schrieben, –
Un wenn de Groten he verhürte
Un Läsen ehr un Räken liehrte,
Denn wier dat lütte Volk dorbi
Un malte luter e un i.
Sien Ogen güngen hen un her,
Dat ok nich ein sick säker wier,
Bi 't Singen blot wiern s' all tausamen.
Un snurrig wier dat mit de Namen, –
He wier nu Köster achtteihn Johr,
De sülwen Namens wiern noch dor,
As he se fünn bi 't ierste Mal,
Dat blew so bi mit Stahl un Prahl,
Mit Bull un Krull un Witt un Smidt,
Mit Moll un Maaß un Schult un Schütt,
Mit Boldt un Bohn un Beggerow, –
Desülwen Namens ümmertau.
Blot, de as Krischans dunn hier seeten,
De würden hüt mal Lurwig heiten,
Un denn mal wedder ümgekiehrt, –
Un doch, desülwig Sippschaft wier 't –
All, wat de Ollen eins verbraken,
Dat würden ok de Jungen maken,
De würdn sick liebsterwelt gebiern,
As förredem ehr Vadders wiern,

Dat wüßte ok Herr Klickermann,
He keek sick blot de Namens an,
Bi jeden wüßt he furts Bescheid,
Wat in de Schal för 'n Noetkarn seet. –

Nu willn mal seihn, wo sick dat hett,
Wo 't Klickermann'n as Köster lett. –
De Groten hemm grad Relion.
„Na, Wilhelm Stahl, mein lieber Sohn,
Was habt ihr auf zum heutgen Tage?
War 's nicht die große Wasserfrage?
Denn fang mal an!" Un Willem Stahl,
De slückt noch ierst un haust noch mal,
Un denn geiht 't los. He harr se wüßt,
Un nu wier 't doch nich as dat müßt,
He hackt mal fast, he hüppt mal roewer,
He sleiht 'ne ganze Reig mal oewer, –
Doch Klickermann, de töwt so lang'n,
De helpt em wieder mit taugang'n.
He seeg dat in, de Jung harr liehrt,
Un wiern ok mal poor Würd verkiehrt,
Dat würd denn wieder ok nich schaden,
De Frag wier ok wat lang geraden.

„Na, besser könnt es immer sein,
Du kuckst zuviel bei Vatern ein.
Wenn der an seinem Ambos steht,
Damit Dir ja nichts von entgeht,
Du denkst woll: Wenn 's man Ostern wäre,
Dann käm' ich in die Schmiedelehre!"

Un Willem grient. Ja, Pierbeslagen
Mücht lewer he as Waterfragen. –

„Der Nächste dann! – – Na, Heinrich Moll?
Da stehst Du wieder wiß und woll!
Jä, weißt Du was, dann sprich Dich aus,
Sonst hol ich mir den Rohrstock raus!“

Un Heiner denkt: Den Dunnerknütt!
Wo mak ick dit – wo mak ick dit!
Ick ahn jo nix von Waterfraag’ – –
„Ich hatte gestern Maagwehdaag’, –
Ich hab’ so lange bei gesessen –
Und immer wieder gleich vergessen –
Ich hatt’ so ’n Kneifen in den Bauch –
Und meine Mutter sagte auch – – –“

„Was Mutter sagt, ist mir egal,
Es ist ja nicht das erste Mal,
Du kannst mir noch soviel erzählen,
Dir wird die erste Frühkost fehlen, –
Wer geht denn woll mit nüchtern Magen
Auch gleich an große Wasserfragen!
Komm raus und nimm sie in Empfang!“
Un toegerig geiht Heiner lang,
Un Klickermann, de swengt em in, –
„Sühso, mein Sohn, geh wieder hin
Und heul nicht so und setz Dich nieder, –
Mit Maagwehdaag’ komm mir nicht wieder!“

„Wer kommt denn jetzt? – Ah, Krischan Bohn, –
An Deinen Augen seh ich schon,
Daß Du die Wasserfrage weißt,
Denn sag, wie die Erklärung heißt.“

Un Krischan Bohn dat Rappeln kriggt
Un: Wasser tut es freilich nicht – – –,

In einen Ritt bädt he dat her,
As wenn mit 'n Schacht ein achter wier.

„Ja, Krischan, wissen tust Du sie,
Das ging von Flessen wie noch nie,
Und doch muß ich Dir einen stechen, –
Du mußt mehr mit Betonung sprechen,
Denn darauf kommt es mir nicht an,
Wo fix das einer sagen kann
Und von der Leber runterjagt,
Er muß auch wissen, was er sagt,
Und daran hättst Du nicht gedacht, –
Na, hast es dennoch gut gemacht!"

Up eins kriggt Klickermann das Kieken,
He schult so roewer nah lütt Fieken,
De seet dor in de vöddest Reig,
Wat wier denn los, wat he dor seeg?
„Mein Kind, was sind denn das für Sachen,
Wie kannst Du so die „i"nen machen,
Der i-Punkt steht ja ganz verquer,
Der schwebt ja in der Luft umher, –
Ein von den Großen, Stine Prahl,
Zeig ihr das mit dem i-Punkt mal!"

Nu oewer ward de Dör upgahn –
Un Dürten ward dor grienig stahn,
„Ach Heinerich, dat Krut is all,
Ick weit nich, wat ick faudern sall, –
Dat ward de Jungs jo ok nich schaden, –
Schick mi mal twei tau 'n Runkelbladen,
Un denn, – ick möt noch fix nah 'n Feld'n, –
Ok glick twei Dierns tau 'n Tüffelschellen!"

Dit wier so wat, man seeg 't em an,
Dit paßte nich Herrn Klickermann.
„Jä, liebe Frau, das sagst Du woll,
Daß ich Dir welche schicken soll,
Man bloß, da ist kein Zeit nicht zu,
Weil ich sie grad verhören tu."

„Dat kannst den ganzen Dag noch dauhn,
De weiten soväl Relion,
Nu holl ehr man nicht länger wiß!"
Un grient em tau un ruter is s'.

Wat hülp dat Strüben alltausamen, –
So wier se em noch ümmer kamen,
Säd he ok ne, denn säd se ja,
Un 't End'n von 't Leed, he gew ehr nah.

„Wen nehm ich denn, wer ist bereit
Und pflückt für mich 'ne Kleinigkeit?"

Tau disse Arbeit kriggt he naug,
Se hollen all den Finger hoch.

„Denn wolln mal sehn – für dieses Mal
Geht Krischan Bohn – und Wilhelm Stahl,
Doch daß Ihr nur nach Runkeln seht
Und keiner in die Äpfel geht,
Ich hab sie ganz genau gezählt,
Daß mir nachher nicht einer fehlt!"

Ne, seggen s' beid mit ihrlich Mien,
Dor würdn se gornich slimm up sien.

„Na, na, ich kenn Euch schon bei kleinen,
Wo 's Äpfel gibt, da trau ich keinen!"

De beiden hemm ehr Frühstück nahmen
Un maken, dat se ruterkamen, –
„Weitst wat?“ seggt buten Krischan Bohn,
„Hier hemm w' bet Middag an tau dauhn!“
„Un denn noch eins“, seggt Willem Stahl,
„Wi maken 't grad as vörrig Mal,
Sünd weck dor mang de Runkeln follen,
Dat sünd denn uns', de wardn behollen.“
Un Heiner Moll, de kickt ehr nah:
Ick süll 't blot sien – – jejajija! –

„Und weiter“, fröggt Herr Klickermann,
„wen stellen wir beim Schälen an?
Was? allzusammen wollt ihr hin?
Das zeugt von einem guten Sinn,
Indessen doch genügen zwei, –
Karline Schnoor und Fieken Krey,
Ihr beiden könnt zum Schälen gehn,
Und laßt Euch auch mal wiedersehn!“

De oewer denken beid in 'n Stillen:
Dat geiht man nich nah unsern Willen,
Fru Klickermann, de hölt uns wiß,
Bet dat de Schaul vöroewer is. –

Up diss' Ort würd de Stundenplan
Denn ümmer förfötsch wiedergahn.
Dor würd mal läßt, dor würd mal lacht,
Denn wedder mal gew 't wat mit 'n Schacht,
Denn wedder güng 't an 't Einmalein, –
Un wier 'ne Lust mit antauseihn,
Mit Spaß un Iernst kreeg Klickermann
De ganze Klass bilütten ran,
Fiew slagen Stunden blew dit bi,
Un ierst Klock twölw gew he ehr fri.

Bot Einmal würd he 't ünnerbräken,
He harr mal grad ut 't Finster käken
Un müßt dor seihn, diss' Krischan Bohn
Mök bi sien Appel sick tau dauhn,
De anner Sleif, diss' Willem Stahl,
De bückte ümmertau sick dal
Un würd sick gor de Tasch vullstoppen.
He ran un würd an 't Finster kloppen:
„Ihr Rackerzeug, was tut Euch schaden?
Ich schick Euch raus zum Runkelbladen
Und ihr stopft euch die Taschen voll?
Paßt bloß mal auf, ich krieg euch woll!"

„Herr Klickermann", röp Willem Stahl,
„Wir tatens nich ein einzig Mal,
Wir sind ja garnich reingestiegen,
Die taten mang die Runkel liegen, –
Ich tat mir garnichts dabei denken, –
Ich wollte sie ja – Greten schenken!"

Nun kuck mal an! dacht Klickermann,
Der macht sich gar an Greten ran,
Der ist nicht auf den Kopf gefallen,
Das ist der Plietschte noch von allen.
He drauhte ehr: „Ich will euch kriegen!
Laßt mir mal ja die Äpfel liegen –
Für heute will ich Gnade walten,
Die ihr schon habt, könnt ihr behalten!"

An 'n Nahmiddag wier Sommers fri.
Denn wiern de Kösterlüd dorbi
Un warkten rüm in Feld un Goren,
Se wieren beid jo in de Johren,
Wo Spaß se an de Arbeit fünnen

Un wo se sick noch bücken künnen.
Se müßten disse Tied versöken,
Dat s' bäten ut de Wirtschaft möken, –
Dat Lohn as Köster wier man schraag' –
Un sorgten för de ollen Daag',
Denn harr 't mitünner all sien Nücken.
Denn würd all hellisch sur dat Bücken.

Na, Dürten wier dat jo gewendt,
Von Kind up an harr se dat kennt,
Vör gor kein Arbeit ded s' sick schugen.
Se würd de besten Arwten bugen,
Se harr de iersten groten Bohnen,
Ehr Tüffel würdn am besten lohnen,
Se plante se un würd se hacken,
Se würd s' allein ok ruterracken,
Wat se nich künn, würd 't gornich gäben,
De Sommertied, dat wier ehr Läben!
Ehrn Heinerich stünn't nich so an,
De mök sick an sien Immen ran,
Dit wier so recht nah sienen Sinn
Un bröcht 'nen schönen Schilling in.
Dit säd em tau, dit wiern so Saken,
Hier künn he sick Gedanken maken.
Wo harr 't de Herrgott all bedacht,
Weck flögen ut un halten Dracht
Un drögen s' in de Waben rin,
Un harren sülwst 'ne Königin
Un würden sick ehr Hüsung bugen
Un deden gor kein Arbeit schugen,
Un wenn se nahsten swärmen deden
Un denn kein Drohnen bi sick leeden,
Un Johr för Johr würd dat so gahn, –
Dat wier binah nich tau verstahn,

Dat so 'n lütt Wäsen dit all künn.
Un tau sien Fru, de bi em stünn,
Säd Klickermann mit wichtig Mien:
„Betrachte Dir die kleine Bien,
Da kann sich mancher Mensch vor schämen
Und wollte sich ein Beispiel nehmen!"

„Ja", nickte em sien Dürten tau,
„Dat steckt dor in, dat is mal so,
Dat best an ehr, dat is jo äben,
Dat s' ümmer düchdig Honnig gäben!" –

De Abend würd all runnersacken,
Fru Klickermann kem trügg von 't Hacken,
Dunn seeg se ehren Mann dor stahn,
De wull nah 'n Bädklockstöten gahn.

„Na, Dürten, hast genug gehackt?
Hast wieder Dich so abgerackt,
Gesicht und Hände sind ganz braun,
Bist wie ein Tater anzuschaun, –
Du sollst es doch mit Maß betreiben,
Morg'n mußt Du mir zuhause bleiben!"

„Laat 't, Heinerich, Ick dauh 't jo giern!"

„Du büst un bliwst mien flietig Diern,
Wenn 'ck Di nich harr, wat süll 'ck woll maken!"
Un würd ehr lew de Backen straken. –

Sommerabend

Bum – m!
De Bädklock stött. – De Abendfräden
Leggt sick up Wischen, Holt un Feld,
Still liggt de Rund'n, as wull se bäden.
As wier ein Dom de wiede Welt.
De Klockenklang verklingt in 'n Häben,
Ein Bäwern geiht dörch Schölp un Reid,
In blage Rüm poor Swoelken swäben,
Ein Vagel singt sien Abendleed.

Bum – m!
De Bädklock stött. – Ut Hus un Katen
Treckt lies de Rook sick in de Höcht,
De Abend sackt up Wäg' un Straten,
Dat letzte Fäuder bringt de Knecht,
Sünd Kurn un Veih nahst bargt un borgen,
Denn swiggt de Dag un geiht tau Rüst,
Denn drömt de Ir, bet annern Morgen
De Sünn ehr wedder lewig küßt.

Bum – m!
De Bädklock stött. – Se will uns raupen:
Leggt all jug' Dauhn in Herrgotts Hand,

Jug' Wark un Wäsen alltauhopen
Quient as 'ne Plant up drögen Sand,
Wenn ut de Wulken nich de Rägen
Up Blatt un Blaumen runnerflütt,
Wenn nich von Baben her de Sägen
Sick up de Minschenharten gütt. –

De Klockensläg sünd lies verklungen,
De Vagel hett sien Leed utsungen,
Ein Smetterling burrt noch ümher,
De up sien Reis' verbiestert wier,
Nu sett't he sick un drömt ok gliek.
De Poggen quarken in den Diek,
Ut 't Ünnerholt ögt schu dat Reh,
De Näwel schüwt sick oewern See,
De Maan geiht up. – Sien bleik Gesicht
Up Irden fründlich runnerlücht,
Doch matt un zag is noch sien Grienen,
He schugt sick, nu all runtauschienen,
Wo he doch süht, dat up de Ir
Ein bäder Licht an 't Wark noch wier.
Doch hinnen achter't blage Holt,
Dor glummt dat as ein Klumpen Gold,
Dat is de Sünn, de treckt sick ut
Un hett sick as 'ne junge Brut
Un breidt – ein jeder sall ehr seihn –
Ehrn güllen Sleier wied vonein,
Un üm ehr gläuht in Glanz un Glaud
Ein Kranz von Wulken rosenrot.
Doch drängt de Tied, se möt sick ielen,
De dörft nich länger hier verwielen,
Se winkt de Ir: Ick bün de Sünn,
Kiekt noch mal her, wo schön ick bün!
Ick mücht jug giern 'ne Freud noch maken,

Jug all noch einmal oewerstraken!
Un dorbi streut se mit de Hand
Väl dusend Strahlen oewer 't Land,
Mit Gold strickt se de Bomstämm an,
So as 't kein Maler malen kann,
Leggt lies up Büsch un Barkenholt
'ne Spitzendeck ut Sünnengold,
Küßt hier 'n Blatt un dor 'ne Blaum, –
Dörch 't Buschholt slickt de Märchendrom.
Un nochmal streut se dusend Strahlen,
Ward wieder bunte Biller malen:
Dat gollen Kurn, dat lacht un lücht,
So drad ehr Og' doroewerflüggt,
Un Wisch un Brink un Wäg' un Straten,
Dat ganze Dörp kriggt se tau faten,
De Durnenhäg', den willen Wien, –
Wohen se flütt, is Sünnenschien,
Ja, sülwst de olmig Wiedenpahl,
Ok he kriggt sienen Sünnenstrahl.
Denn ward se up den Karkhof kieken
Un dörch de stillen Reigen slieken
Un strakt de Gräwer, weik un giern,
As bröcht se Grüs' ut wiede Fiern,
Un Immergräun un Läbensbom,
De waken up ut Drus un Drom,
Wat ehr de Sünn würd lies vertellen,
Se warden 't nahsten all bestellen.

Nu ward de Sünn ehr letzten Strahlen
Ut heiten Harten ruterhalen,
De Kark is jo noch oewerbläben,
Ehr will se grad de besten gäben.
Se kennt ehr jo ut ollen Tieden.
An 'n Efeu ward se ruppergleeden

Un wo se ward ein Finster finden,
Dor sleiht se furts ein Og' nah binnen, –
Un Bänk un Stäuhl un Örgelkur,
In itel Gold liggt alls nu dor,
Dat Altorkrüz, as harr se 't wüßt,
Dat oewer hett s' am heitsten küßt.
Un wieder stiggt se, Fack för Fack,
Bet up de Spitz von 't Karkendack,
Un as von dor se runnerkickt,
Freut se sick sülwst un grient un nickt,
Gu'n Nacht ok, Maan! un winkt em tau, –
Denn sackt se weg, se geiht tau Rauh,
Doch noch bi 't Scheiden meint se 't gaud,
An 'n Häben lücht dat Abendrot. –

De Sünn würd mit dat letzte Grienen
Ok up den Köster runnerschienen,
De ut de Karkdör ruterkem.
Stillswiegens he sien Mütz afnehm,
As he de Sünn so scheiden seeg
Un rings de Ir in Fräden leeg,
As künn he nich dat Og' von laten
Un wull dit Bild noch einmal faten,
Dit lewlich Bild, wo doch de Ir
Von unsern Herrgott sägent wier.
De Händen folgt, in bloten Hoor,
In deepen Sinnen stünn he dor.
Denn oewer güng sien Og' nah'n Häben,
As wull he dorhen Antwurt gäben,
Un wat he dacht, wier Low un Dank.
Still güng he an de Gräwer lang,

Keek hier mal hen, blew dor mal stahn,
Un würd in 't Dörp denn runnergahn. –

Vör 'n Karkhof leeg de gräune Brink.
Dor stünden Linden in den Krink
Un in de Midd poor olle Eiken,
Dit wier de Städ tau'n Linnen bleiken.
Hier wiern de Kinner noch taugang'n, –
Dat wier ein Wrauschen un ein Wrangen,
Dat wier ein Krieschen un ein Kreihden,
Dat wier ein Drängen un ein Dreihden,
Juchhei – juchhei! – halli – hallo!
De ganze Welt, de hürt ehr tau,
Se burren rümmer as de Voegel,
Se spälen Pierd ahn Tum un Toegel
Un diesen mit de barsten Bein,
Wat is 't 'n Hoeg, mitantauseihn!

Hier sünd de groten Jungs tausamen,
Se hemm ehr lütten Bräuder nahmen
Un laten s' up ehr Schuller sitten, –
Wat gahn de Ogen von de Lütten!
Se draben up den Brink ümher
Un krieschen grad so as de Pier
Un slagen ut in vullen Draw
Un smieten sülwst ehr Rieders af,
Se wardn sick liebsterwelt gebiern,
As wenn se datzig Fahlen wiern
Un harren Wähldaag' in de Knacken
Un künn 't gornich dull naug maken.

Am düllsten makt 't Korl Beggerow.
„Korl – nich so dull – du zuckelst jo –
Ick kann mi nich mihr länger hollen – –
 Binah wier 'ck äben runnerfollen –“

Doch Korl kann 't Zuckeln mal nich laten,
Un Fiete kriggt sien Prük tau faten
Un tuhlt un tarrt un treckt un ritt, –
Un Korl geiht wedder sachten Schritt.

De Öbbelst von de Kavallrie
Is Heine Moll. De is nu bi
Un lett s' in Reigen upmarschiern
Un ward mang rümmer kummandiern
Un exerziert sien Maaten all
Grad as so 'n Generalfeldmarschall.
He kriggt se in de Eck tauhopen
Un: Stillgesessen! ward he raupen, –
Wir kämpfen jetzt auf Tod und Leben
Und keinen wird Pardun gegeben,
Wer überbleibt, soll Kaiser sein, –
Fest steht und treu die Wacht am Rhein!
Un: däderedä! giwt he Signal –
Un up einanner fohrt dat dal,
Dat 's ein Getarr un ein Geriet
Un ein Geblarr un ein Gebiet,
Un ob in Draw un ob in Schritt,
Ja, sülwst de Pier, de wrangen mit,
Dor kann vör Raasch sick keiner hollen.
Am düllsten is 't mit Heine Mollen,
Ob Fründ, ob Fiend, ist ganz egal,
He grippt em an, he kriggt em dal,
Tauletzt sitt keiner mihr tau Pier,
Blot he allein draawt noch ümher, –
Hier würd he sienen Maaten stahn,
Hier künn 't em gornich dull naug gahn.

De annern Jungs, de nich mitdraben,
De wardn sick Kugellöcker graben,

Mit „Bütt“ un „Sößen“ un ’ne „Acht“.
Dat geiht üm Knöp, un Willem Kracht,
De nimmt dat Mal un smitt ’ne Bütt.
„Dor kriggst nix up“, seggt Fiete Schütt,
„Du kennst de Klausen man noch nich,
Du büst noch väl tau floekerig,
Nu paß mal up, ick will Di ’t wiesen – –“
Un ward nah ’t Mal fix runnerdiesen
Un stellt dat rechte Bein so vör
Un dreiht de Kugel hen un her
Un wiwagt denn un pliert un smitt.
Dat kümmt von ’t Prahlen, Fiete Schütt!
Sien Kugel löppt in ’t Lock nich rinner,
De reist grad as so ’n Bessenbinner,
As wenn se nich tau temsen wier,
Un Fiete Schütt dor achter her.

Nu is de Reig an Otto Swart.
„Du Otten, willn wi beid halfpart?
Nu kannst Du Di noch fix besinnen,
Denn laat ’ck Di ditmal glatt gewinnen!“
„Ach Minsch“, seggt de, „mi kannst nich meinen,
Ick gäw Di „Frie’nen“ blot un „einen“!
„Dat ’s mi nich naug“, seggt Tete Rüst,
„Sast seihn, wat Du för ’n Draplock büst,
Ick will Di furts mal einen stäken“, –
Un ward sick fix ’nen Stock afbräken
Un makt drei Krüze up de Bahn, –
Kein Kugel künn hier roewergahn, –
Un spreckt de ollen Zauberwür:
„Kritz – kratz – Zägenkoetel! Düwel sitt dor vör!“
„Ob dat ok deihst, dat ’s ganz egal!“
Un Otto Swart geiht nah dat Mal
 Un smitt sien Kugel hoch in ’n Bagen,

Piel in de „Acht“ is s’ rinnerflagen.
Nu fangn de annern an tau schellen:
„Dat ’s utmakt, butzen ward nich gellen,
Du hest jo butzt – dat is Bedrog,
Bedragen hest Du ümmer noch!“
Doch Otto Swart swiggt ok nich still:
„Ick smiet mien Kugel, as ick will – –“
Un kriegen sick dorbi dat Kawweln,
Un warden nah de Kugels grawweln
Un ward ein Larm, – doch durt nich lang’n,
Un ’t Spill is wedder frisch ingang’n.

De Dierns, de hemm dat grad so hild,
Doch sünd se nich so waug un wild,
Se spälen lewer Kringelkranz
Mit Ringel – rangel – rosendanz,
Kätel hängt up ’t Füer,
Jungfern sünd so düer!
Se spälen Knullen un Versteck,
Ok Hinkendüwel spälen weck,
Un Lust un Freud is rings ümher,
Wiel ’t doch so ’n schönen Abend wier.
Un in de Eck, dor sünd se bi
Un spälen Kloeterbom för mi,
Bi dit Ort Spill, dor kümmt up an,
Wer woll am düllsten diesen kann.
Am besten künn ’t woll Stine Stahl,
De wier ’t noch nich ein einzig Mal,
De flitschte oewern ganzen Brink
Un as ein Wäsel wier se flink
Un as ’ne Slang flög ehr de Zopp
Un krus de Hoor un rot de Kopp,
Grad as so ’n Hirsch, so künn se springen,
Un leet von keinen Jung sick dwingen.

Wat wier up 'n Brink dat för 'ne Jagd!
Dat kriescht' un kreihte, jucht' un lacht',
Blot Wieschen Thiel, de lütte Dick,
De wier dat alle Ogenblick.
Nu stünn se dor, se künn nich mihr,
Dat Lopen würd ehr gor tau swier,
Se harr von dissen Troedel naug,
De Tranen kemen ehr all hoch,
As Klumpen Unglück stünn se dor.
Up einmal röp Karline Snur:
„Kiekt dor mal hen, Herr Klickermann
Kümmt von den Karkhof runtaugahn!"
Furts wier 't mit „Kloeterbom för mi"
Un mit de Wrangeri vörbi,
De groten Jungs würdn sick so stellen,
As künnen se nich bet fiew mal tellen,
So still un orig stünnen s' dor,
Von 'n Toben wier nu nix mihr wohr,
Sülwst Heine Moll mök ein Gesicht
As luter bibelsche Geschicht.
De Mätens würden sick bekieken,
De Hoor sick ut 't Gesicht rutstrieken,
De hüngen runner as 'ne Klatt,
Se streeken sick de Kleeder glatt, –
Up Putzen steiht doch all ehr Sinn,
Dat steckt doch in de Dierns so in.
De Görn harrn all von lütt up an
Heilmächtig Schock vör Klickermann,
Un dorbi ded he keinen wat,
Blot in de Ogen hett he 't hatt,
He brukte se blot antauseihn,
Wat he denn wull, wüßt jedwerein,
Un wenn se noch so grannig wieren,
Se würden Order furts parieren.

Süh so, dor stünn Herr Klickermann.
Un Stine Stahl güng nah em ran,
Se künn dat dauhn, se wüßt jo doch,
Se wier so 'n bäten sien Vertog,
He wier ok tau de annern nett,
Se oewer harr 'nen Stein in 't Brett, –
„Nun, Stine“, würd he fründlich snacken
Un kneep ehr in de roden Backen.
„So aus der Pust? – die Haare kraus?
Du siehst ja wie 'ne Hummel aus!
Treib mir die Sache nicht zu toll – –“
Denn föl sien Og' up Heine Moll,
„Na, Jungens, seid ihr noch zugang'n?
Hier auf dem Brink euch rumzurangen,
Das mögt ihr doch woll gar zu gern,
Ich hörte euch schon aus der Fern,
Wie seht ihr aus! was seid ihr schwitzig!
Seid doch beim Spielen nicht so hitzig!
Ja, Heinerich, ich würd mich freun,
Tätst Du beim Lernen auch so sein,
Mit soviel Eifer wie beim Spiel. –
Was aber seh ich – Wieschen Thiel,
Du hast ja Tränen in den Augen
Und fängst woll gar noch an zu paugen –
Hat dir denn einer was getan?“

„Ich kann nich mehr, Herr Klickermann,
Ich bin es schon in einen zu,
Und wenn ich einen haben tu,
Wie eben erst Karline Ott,
Denn sagt sie fix: verbott – verbott!
Und alle kriegen sich das Lachen,
Und ich muß denn von vorne machen – –

„Jä, Wieschen“, griente Klickermann,
„Du bist zu dick, halt Dich man ran!
Das Laufen grad bekommt Dir gut,
Das ist, warum man spielen tut
Und viel Bewegung hört mit zu, –
Doch so ’ne große Dirn wie Du,
Im zehnten Jahr, die plinst doch nicht,
Mach mal ein freundliches Gesicht,
Wie sieht es aus, wenn einer weint,
Es hat ja keiner bös gemeint. –
Doch wird ’s bald Zeit für euch zu Bett,
Daß Mutter nahst nicht schelten tät,
Gu’n Abend auch!“
De Mätens fix,
De möken ehren lütten Knicks,
De Jungs würden alltauhopen
Wat toegerig: Gu’n Abend! raupen,
Un fründlich nickte Klickermann,
Un würd sien Wäg’ denn wiedergahn.

Tau linker Hand, de ierste Städ’,
De he nu dröp, dat wier de Smäd’,
Dor güng ’s so hild un iewrig her,
As wenn noch gor kein Tied nich wier,
Hüt Fierabend all tau maken.
An einen Wagen wier wat braken,
Un Buer Bolten würd he hüren,
Un de wull morgen Klewer führen.
De Meister sülwst wier mit taugang’n,
He smädte an ’ne iesern Stang’n
Un sien Gesell güng em tau Hand,
Dat wier ein von de Waterkant,

De Knaken up dat richtig Flag, –
Wat slög de Bengel einen Slag,
Un Meister Stahl slög achterher,
Dat leet, as wenn dat Spälen wier.
De Liehrjung trök, dat Isen gläuhte,
De Hamer föl, dat sprützt' un spreute
Un Funken flögen in de Rund'n,
Bet denn dat Isen sweißt un bunn'n.

„Na, Meister Stahl", säd Klickermann,
„Ich kuck mir das schonzeitlang an, –
Sie lassen heut woll gar nicht nach?
Es ist doch morgen auch ein Tag!
Da muß sich unsereins ja schämen,
Wo Sie so ernst die Sache nehmen
Und 's abends noch am Ambos stehen,
Derweilen wir spazieren gehen."

„Jejajija!" lacht' Meister Stahl,
„Bi uns heit 't ümmer: Up em dal!
So lang as Murr noch in de Knaken,
Ward uns de Arbeit Spaß ok maken,
Sünd wie ierst olt un mäud un matt,
Denn kümm 't von sülwst, denn giwt sick dat,
Hüt oewer sünd w' noch in de Wiehr, –
Na, gläuht dat Isen? – denn mal her!"
Un Slag up Slag föl up dat Isen,
as wulln se mal den Köster wiesen,
Dat se ehr Handwark beid verstünnen
Un Stahl un Isen meistern künnen.

Süh so, nu wier dat Wark tau Schick.
De Meister sprök noch 'n Ogenblick
Mit den Gesellen oewer Saken,

Wat morgen woll tauierst tau maken,
Wieldess' wier all de Liehrjung bi
Un mök den Hierd von Slacken fri
Un rümte up un bröcht tau Städ',
Ahn dat em einer wat von säd.
He schulte blot nah den Gesellen,
De würd em schön weck roewertellen,
Wenn an de Wänd'n un an de Ir
Up 't richtig Flag nich allens wier.

„Jä, weiten S' wat, Herr Klickermann?
Nu dauhn Se mi de Ihr noch an
Un kamen 'n Ogenblick mit rinner
Un snacken mal mit Fru un Kinner,
De freuden sick, wenn s' Se mal seihn.
Mien Fru hett 't wedder in de Bein
Un futert üm de ollen Fäut,
Dat s' still up'n Stauhl nu sitten möt,
Tau'n Glück is noch uns' Line dor,
Un Stine mit de krusen Hoor,
De gahn uns' Mudder tru tau Hand,
Sünst güng woll alls ut Rand un Band!"

„Sie haben Recht", säd Klickermann,
„Den Frauen hackt gar leicht was an,
Vor allem, wenn sie schwach zu Bein,
Dann werden sie leicht quesig sein,
Und immer, was der Ehemann,
Der hat die Schuld und sitzt mit an.
Indessen doch, es schmerzt auch sehr
Und kommt von vieler Arbeit her, –
Dann wollen wir nicht länger stehen
Und wollen 'rein zu Muttern gehen!"

„Gu'n Abend auch! – Na, Mutter Stahl,
Sie doktern auch schon wieder mal?
Und sind doch in den besten Jahren
Und wo Sie sonst so beinig waren
Un sitzen kurlos nun und stähnen –
Und in den Augen gar noch Tränen?"

„Dat segg'n Se woll, Herr Klickermann,
Ach, unsereins, de sitt mit an!
Nu möt ick still hier rümmerhoddern
Un kann nich melken und nich boddern
Un weit rein gornix antaufaten,
Möt as ein Kind mi faudern laten –
Un dor sall einer still noch swiegen?
De Tranen mi tauhöchstenstiegen,
Wenn einer giern doch will un mag
Un fulenzt rüm den ganzen Dag."

„Nein, Mutter Stahl, das ist verkehrt,
Die Queserei ist gar nichts wert,
Man muß nicht immer gleich verzagen.
Mit Fröhlichkeit muß man ertragen,
Was uns der Herr hat zugedacht,
Auch wenn er lahm die Beine macht.
Stets muß man hoffen hier auf Erden,
Dann wird 's auch wieder besser werden! –
Und dann ist auch die Lina da, –
Nu kuck mal eins, da steht sie ja!
Was hat die Dirn sich rausgemacht!
Das hab ich damals schon gedacht,
Als sie noch in der Klasse saß
Und Sprüche und Gesänge las,
Schon damals stand sie ihren Mann
Sie hackte auch nicht einmal an,

Ja, Mutter Stahl, das ist gewiß,
Wenn einer firm in Sprüchen ist,
Das tut ihm gut für 's ganze Leben, –
Sie wird 'ne gute Hausfrau geben!"

„Na, nu ward 't Dag! Herr Klickermann,
Dor denk ick jo noch gornich an",
Un Line huchelte verstahlen,
„Denn müßt mi doch ierst einer halen –
Vörläufig is noch nix in Sicht,
Dat Line Stahl 'nen Brüjam kriggt!"

Up einmal zuffte se tausamen,
De Smädgesell wier rinnerkamen,
Un füerrot steek se sick an.
So hat sich das? dacht Klickermann,
Auf diesen hätt' sie 's abgesehen?
Die scheinen beid sich zu verstehen, –
Na, wenn ich offen sagen soll,
Es läßt ihm gut, den mag ich woll. –

„Wo 's Willem denn?" frög Meister Stahl,
„He rönnte rut mit einen Mal,
So lang hett he hier rümmerkäken,
Wo mag de Jung mit einmal stäken? –
Is dor wat los, Herr Klickermann?
Sünd Se womoeglich Schuld doran?
Dit will mi ganz un gor so schienen!"
„Das wüßt' ich nicht", kreeg de dat Grienen,
„Er kriegte heut am Vormittage
Die große schwere Wasserfrage
Und konnte sie – das will was sagen, –
Wir haben uns sehr gut vertragen, –
Da kommt er ja! na, lieber Sohn,

Was macht denn unsere Lektion?
Schon alls verdaut? – hat's gut geschmeckt?"

„Na, wenn dor man nix achter steckt!"

„Nein, Meister Stahl, wenn ich es sage!
Der Wilhelm macht sich, ohne Frage!
In Katechismus und im Lesen
Ist Nummro eins er stets gewesen.
Er weiß auch gut sein Einmalein,
Im Schreiben könnt er besser sein,
Na, dieses wird soviel nicht schaden, –
Dann kann er sehr gut Runkel bladen.
Auch andre Sachen kann er noch, –
Nicht, Wilhelm? wir verstehn uns doch?"

Un Willem keek em dankbor an –
Du büst doch gaud, Herr Klickermann,
Dat mit de Appel hest verswägen,
Sünß harr ick nu ein Fell vull krägen, –
Den schönsten Appel, de tau denken,
Will ick dorför dien Greten schenken!

„Jä, Meister Stahl, denn wird 's woll Zeit!
Frau Meistern, keine Traurigkeit!
Ich kucke bald mal wieder ein,
Dann wird 's schon wieder besser sein! –
Gu'n Abend, Lina – denk auch an,
Ich wünsch' Dir einen braven Mann, –
Ob er schon da? – wer kann es wissen!
Das wird die Zeit ja lernen müssen!"
Un dorbi mök he so 'n Gebier,
Sien Ogen güngen hen un her,
Ok den Gesellen keek he an, –
De dacht' bi sick: jä, kiek du man!

De hett wat markt! dacht Line Stahl
Un slög de Ogen schämig dal, –
Du büst jo einen ganzen Griesen,
'n Brüjam brukst mi nich tau wiesen,
Dor steiht mien Fritz, de weit Bescheid! –
Un smeet ein Og', so vull un heit,
Up Friedrich, den Smädgesellen,
Dat würd ein ganzes Bauk vertellen.

„Gu'n Abend denn!" säd Klickermann,
Un Meister würd mit rutergahn
Un gew em bäten dat Geleit.
„Ja, Meister Stahl, so mit der Zeit
Wächst allens ran! da sieht man wieder,
Kuckt man auf seine Kinder nieder,
Woans die Zeit doch schnell vergeht,
Und daß man einst alleinen steht.
Ich hab an Lina da gedacht,
Was hat die Dirn sich rausgemacht,
Die paßt, wenn ich sie so beschau,
Zu einer guten Schmiedefrau."

„Dat deiht se ok", un Meister lacht',
„Dor hew ick sülwst all oft an dacht,
Man blot, wo is nu grad ein Smidd,
De up 'ne gaude Brotstäd sitt?"

„Na, dieser stellt sich auch schon ein, –
Wie wird denn Ihr Geselle sein?"

„Se meinen Fritz? o, de 's tau bruken,
De hett nich de Gesellenstuken,
De makt sien Sak un kann ok wat,
De hett 'ne gaude Liehrtied hatt

Sien Vadder is gaud Fründ an mi,
An einen Ambos smädten wi,
Wie wieren up desülwig Städ, –
Nu hett he sülwst 'ne gaude Smäd."

„Jä, Meister Stahl, wie wär' es denn, –
Soweit ich Ihre Lina kenn',
Ich glaub' woll, daß Ihr lieblich Kind
Und der Gesell sich einig sind."

„Na nu, dor hew 'ck noch nix von spürt,
Hemm Se denn sowat munkeln hürt?"

„O nein, ich hätte nichts vernommen,
Das ist mir so von selbst gekommen,
Mitunter sagt 's ein Augenblick,
Ob eine Sach' in Reih und Schick."

„So? meinen Se? dat wier noch wat,
Un hew dor gor kein Ok' för hatt! –
Un doch, nu kümmt mi 't sülwst so vör,
Dit Drapen bi de Gorendör?
Wat hemm de beid dor rümtaustahn?
Un jeden Abend ward 't so gahn?
Se weiten woll, Herr Klickermann,
Dor spinnt de Kram sick meistens an, –
Doch, wenn 'ck de Wohrheit seggen sall,
So 'n Swiegersoehn, de paßt mi all."

„Da haben wir 's, mein lieber Stahl,
Dann reiht sich alls mit einem Mal,
Die Lina könnten Sie behalten,
Es bleibt zuhause alls beim Alten."

„So geiht ’t nich los, Herr Klickermann,
Mit so ’ne Hopphei fang ’ck nich an,
Se dachten woll, hier rinnerfriegen? –
Mien Smäd sall eins mien Willem kriegen,
De sall ein dägten Smidd eins warden, –
Ja, wenn wie keinen Jung nich harren, –
Hier seeten Stahls von Öllers her,
Hier smädt ein Stahl, wenn ick nich mihr,
Un hew ick Line noch so giern,
Ierst kümmt de Jung un denn de Diern,
Un hemm de beiden sick beraken,
De warden ’t sülwst all wieder maken,
För ’t ierste hemm se beid noch Tied, –
Un denn, wer weit, ob ’t all so wied.“

„Ich glaub’, es wird ein Paar aus beiden, –
Und den Gesellen mag ich leiden,
Gu’n Abend auch!“ säd Klickermann
Un würd sien Strat denn wiedergahn,

Doch, as he üm de Eck würd bögen
Un oewern Tun noch einmal ögen,
Dor hinnern Busch, wer stünn woll dor?
Ein jung’n, verlewtes Minschenpoor,
De Smädgesell un Line Stahl.
„Das ist nun schon das zweite Mal, –
Wenn junge Leute so erst stehen
Und tief sich in die Augen sehen
Und reden dann so allerlei
Und drücken sich die Hand dabei, –
Das ist ein schöner Augenblick,
Ich wünschte ihn mir woll zurück – –“
Un Klickermann güng in Gedanken,
In em tauhöchten steeg ein Janken, – –

Wier eins ein Busch vull Stickelbieren, –
Twei Minschen, de dor glücklich wieren.

Sien Awsicht wier, nah Hus tau gahn.
Mit einmal oewer blew he stahn,
In 'n Sniederkaten seeg he Licht,
Dor wier ein fürchterlich Geschriggt,
Ut vuller Kähl würd einer schriegen,
Dor müßt ein bannig Prügel kriegen.

Was ist denn da? dacht Klickermann,
Will sehn, ob ich nicht schlichten kann!
He rin un stünn vör apen Dör.
De Sniedersch harr ehr Dochder vör, –
Dat wier so 'n Diern von twintig Johr, –
Un reet un trök ehr in de Hoor
Un harr se runner an de Ir,
As wenn se ganz von Sinnen wier.

„Du olle ßackermentsche Dirn,
Di will ick Moritz kennen liehrn!
So kümmst Du wedder trügg nah'n Land'n
Un makst mi so 'ne Schimp un Schand'n?
Un hest mi damals fast verspraken,
Du wust mi kein Geschichten maken?
Du Racker Du, ick slag Di dod,
Ick stöt Di in den deepsten Sod, –
Paß blot mal up, kümmt ierst Dien Vadder –"
Un dorbi pust' se as 'ne Adder
Un wedder buffte se up in
Un slög ehr in de Ogen rin.

„Herrgott nochmal, was ist dies bloß,
Da lassen Sie Ihr Kind doch los!

Sind Sie vom Teufel denn besessen?
Wie können Sie sich so vergessen,
Die große Dirn zu malträtieren?“
De Sniedersch würd sick bös verfiehren,
As Klickermann dor vör ehr stünn,
Dat s’ gor kein Würd ierst finnen künn.

„Herr Klickermann“, füng s’ an tau weinen,
„Ick würd so gaud dat mit ehr meinen
Un hew ehr soväl Ratsläg’ gäben, –
Nu hett dat Minsch sick rümmerdräben,
Dor up ehr Städ’ hett s’ sich nich schickt,
Hett mit so ’n Kerl sick rümmerdrückt,
Nu is ’t so wied, – nu sitt s’ mit an, – –
Wat mak ick blot, Herr Klickermann!“

„Was hör ich da? was ist geschehen?
So muß ich Dich hier wiedersehen?“
He ded, as wenn he s’ prügeln wull,
De Ogen güngen em vör Grull,
De arme Diern, doch in ehr Qual,
Se snuckste ümmer vör sick dal,
Künn sick vör Bewern gornich hollen,
As wier ein Ruhriep roewerfollen.

„O Kind, was sind das all für Sachen,
Den Eltern solchen Blam zu machen!
Das sagte ich Dir damals schon,
Du würst nich fest in Reli’on,
Wie oft hast Du nicht nachgesessen! –
Wie konntest Du Dich so vergessen,
Kommst hier in Schande angereist,
Daß man mit Fingern auf Dich weist?
Hab’ ich nicht in der letzten Stunde

Dich noch gewarnt aus Herzensgrunde,
Du solltest nicht nach Männern sehen,
Solltst lieber in die Kirche gehen
Und solltest im Gesangbuch lesen? –
Das ist nun all umsonst gewesen? –
Jä, liebe Frau, was soll ich sagen,
Hier hilft kein Schimpfen und kein Schlagen, –
Was auch geschehen, es bleibt Ihr Kind, –
Wir allzumal nur Menschen sind.
Wo ist Ihr Mann denn, Mutter Witt?"

„Dat de in 'n Kraug man wedder sitt
Un süppt dor rüm un spält för Geld, –
Ick hew 't tau swier hier up de Welt!
Ick rack mi af un holl 't tausamen,
Un nu möt dit noch wedder kamen."

„Frau Witt, soll ich mal offen sein?
Die Dirn hat nicht die Schuld allein,
Sie ebenfalls und auch Ihr Mann,
Sie tragen auch Ihr Teil daran.
Was hat das Kind zu Haus gesehen?
Daß Sie wie Hund und Katze stehen,
Den ganzen Tag nur Lärm und Streit,
Und nichts von Lieb' und Freundlichkeit,
Und wird dem Kinde dies genommen,
Dann kann es leicht in's Stolpern kommen."

„Dor is mien Mann denn blot an schuld,
De hett dat ümmer anners wullt
Un so as ick hew still den swägen,
Mit mi kann jeder sick verdrägen."

„Wolln uns nicht streiten, liebe Frau,
Ich kenne Sie ja ganz genau,

Der Hochfahrtsvogel stach in Ihnen,
Wie konnt' woll Ihre Tochter dienen,
Wo doch Ihr Mann ein Schneider war,
Der Dünkel war es ganz und gar, –
Und denn noch zu bei einem Bauern,
Hier müßte ja Ihr Kind versauern,
Im Kuhstall und im Schweinekaben, –
Sie sollte höh're Bildung haben, –
Die hat sie nun auch glücklich weg."

„Dat is jo, wat ick ümmer segg,
Se harr ehr Glück dor maken künnt,
Se oewer wier gliek Allmanns Fründ,
Sick so in 'n Nettel rintauleggen!
Wat warden blot de Nahwers seggen!"

„Nun lassen Sie die Dirn in Ruh
Und reden Sie ihr freundlich zu,
Es wird ihr eine Lehre sein.
Ich kucke morgen wieder ein.
Ich will mit meiner Frau mal reden,
Die weiß in so was Rat für jeden."

„Ja, dauhn S' dat man, Herr Klickermann,
Un nähmen S' sick uns bäten an,
Ick weit nich, wat ick maken sall, –
Wat hett 'n mit de Kinner all,
Ick würd so gaud dat mit ehr meinen – –"
Un wedder füng se an tau weinen.

„Komm her, mein Kind! Kuck mich mal an, –
Wenn ich Dir irgend helfen kann,
Dein Lehrer bleibt Dir wohlgewogen,
Ich hab' Dich ja mit groß gezogen,

Mit Gottes Hülfe wird 's gelingen,
Dich auf den rechten Weg zu bringen."

Dat Mäten sackte up de Knei
Un wrüng de Händ'n vör Gram un Weh:
„Herr Klickermann, – o helpen S' mi
Un stahn S' mi in mien Unglück bi!
Ick hew tau Se so 'n grot Vertrugen
Un will mi vör kein Arbeit schugen, –
Wenn Se 't nich dauhn, denn gah 'ck tau End'n, –"
Un küßte em de beiden Händ'n.

„Mein Kind, ich hab' Dir schon verziehen, –
Du sollst nur vor dem Herrgott knieen,
Steh auf und fasse neuen Mut, –
Die Zeit macht alles wieder gut."

In Tranen keek de Diern em an,
„Ick holl mien Wurt, Herr Klickermann",
Sanft würd he ehr de Backen straken, –
Denn würd he sick up 'n Heimweg maken.

Dat Dörp leeg still in Abendfräden.
De Maan würd ut de Wulken träden
Un keek mit bleike Ogen dal
Up Lust un Lew, up Sorg un Qual,
He läd sick weik up Wäg' un Straten,
Up Holt un Feld, up Hus un Katen,
Röp lies de mäuden Harten tau:
Ick weig jug all in Slap un Rauh,
Drömt von dat Glück, wat ji hüt funden,
Vergät't de Sorg un swieren Stunden,
Viellicht bringt morgen all de Dag,
Wonah jug' Hart sick sehnen mag.

He Herrgott, de siet Ewigkeit
De Minschenharten lenken deiht,
Up Em vertrugt, he weit allein,
Wat uns tau 'n Besten möt gescheihn!

Sommertied

De Sommer steiht in güllen Pracht,
Dat brödd un bradt un riept mit Macht,
De Sünn liggt heit up Feld un Goren.
De Rogg ward gäl un hängt de Ohren
Un weigt sick sülwst in Drus un Drom.
Wat seggt em lies de Ackerkraum?
Dien Tied is üm – holl di man prat,
Ick nehm di up as junge Saat,
Ut mi hest du dien Nohrung krägen,
Ut mi büst du tauhöchtenstägen,
Wat ick verspraken, hew ick dahn,
Trügg sast du nah de Minschen gahn,
Wat de mi eins hemm anvertrugt,
Teihnduwwelt Maat hew ick von bugt,
Dien Kurn is riep, nu heit dat: scheiden!
De Seiß, se lurt, ehr Swadd tau meihden!
Ein Schuddern leggt sick up de Rund'n
As bangt ehr vör de kamen Stund'n.

De hildste Tied in 't ganze Johr
De Sägenstied, de Aust is dor!
Den Landmann sleiht dat Hart in 'n Bussen,
So 'n prächtig Kurn is lang'n nich wussen,

Em lacht dat Og', sien Wark un Dauhn
Wier nich vergäws, he süht den Lohn,
Vull Sägen steiht dat wiede Flag,
Un morgen is Jacobidag!
Dat is so Bruk, denn geiht' an 't Wark,
Den Rogg tau Liew mit Seiß un Hark,
Un kamen ok poor sure Wäken,
Up Sweit un Quesen ward nich käken,
Bi vulle Kiep un 'n Lechel Bier
Is man de Arbeit half so swier,
De nu sick schugt, mit antaufaten,
De sall sick man begraben laten!

De Seiß, de runscht – breid föllt dat Swadd –
„So 'n Roggen hew wi lang nich hatt!"
De Knecht halt ut – de Seiß, de snitt –
„Na, Fieken, kümmst bi 't Binnen mit?
Wenn ok mal eins de Dießel steckt
Un wenn 't ok in de Knaken treckt,
Du büst noch jung, holl Di man ran,
Ick meih dat tweite Swadd gliek an!"

„Snack man nich klauk, ick dauh mien Dingen,
Ick will Di woll in Sweit noch bringen,
So 'n Kierl as Du kriggt mi nich mür,
Seih lewer sülwst Di bäten vör!"

„Du Diern wist mi noch einen stäken?
Wi wardn hüt' abend uns wieder spräken!"

Un Swadd up Swadd sackt up de Ir,
De Binners ielen hen un her,
De Hockensetters dauhn ehr Wark,
 De Lüttknecht treckt de Hungerhark, –

As 't Abend is, dunn hemm se wunnen,
De ierste Slag is meiht un bunnen.

So geiht 't von flessen, Dag för Dag,
Bet runner is de letzte Slag
Un 't ganze Feld vull Hocken steiht.
Is alls denn drög, dat 't ruscheln deiht,
Denn ward de Austwag' farig makt,
Inführn geiht los, un Krischan stakt
Un Fieken ladt so glatt un schier,
As wenn s' dor grot bi worden wier. –
„Nu kiek blot einer", swögt de Knecht,
„Dat hew 'ck in Fieken gornich söcht,
De ladt 'ne Faur- wat sünd 't för Saken! –
Dat kann kein Kierl nich bäder maken!"

„Ach Krischan, hew mi nich tau Narren,
Dat tweite sall noch bäder warden!"

Denn geiht nah' Hus in 'n Zuckeldraw,
Un Korl un Willem staken af,
Un Dürt un Stine sünd in 't Fack
Un schichten up bet ünner 't Dack, –
So bliwt dat bi, dag'in – dag'ut,
Wenn weg de Dak, geiht 't morgens rut,
Un 's abends, wenn de Maan all dor,
Kümmt ierst tau Hus de letzte Fohr.

Nu heit 't, sick in de Finger spucken,
Mitünner hett de Aust sien Mucken,
Wer weit, wo lang'n dit Wäder durt, –
Wenn 't ierst an 'n Häben swulkt un schurt,
Treckt sachten sick de Rägen ran
Un hölt denn licht soeben Wäken an. –

Dat is all drög siet rume Tied.
Kein Wulk an 'n Häben wied un sied,
Dat sirrt un snirrt, de Sünn, se steckt,
Dat Emern oewern Acker treckt,
De Luft so swäul, kein Blatt sick rögt,
De Sand, de mahlt – dat Gras verdrögt,
In breide Bosten ritt de Ir,
De Vagel drömt un singt nich mihr,
So baddig is 't un laumerig,
Doch rägen will dat liekers nich,
Siet Wäken föl kein Druppen Natt.

Dor – hewt ji 't hürt? – dor grummelt dat.
Wo Ir un Häben gahn tausamen,
Ward gries un grag dat rupperkamen,
As schöw dat hoch 'ne Riesenhand,
In Bewern liggt un lurt dat Land
Un stiert tauhöcht un atent swier,
As wenn wat Leegs in Antog wier.

Un höger stiggt de Wulkendräwel,
De Sünn verkrüppt sick hinnern Näwel,
Blag wäuhlt sick ran 'ne Wulkenwand
Un glupt un gludert up dat Land,
So lurig un vull Schäw un Tück:
Töwt man noch einen Ogenblick,
Gliek bün ick dor un will jug deinen,
Un Tranen sall de Ir denn weinen!

Un as ein Riesenungedüm
Slickt se sick oewer Geld un Rüm, –
Denn kann s' ehr Wut nich länger tähmen,
Den Stormwind ward s' tau Hülp sick nähmen.
Un jöggt un pietscht em vör sick her, –

In Angst un Bangen stöwt de Ir,
Sien Ogen slütt de Sommerdag.
De Vagel söcht ein säker Flag,
In Ahnmacht folgt de Minsch de Händ'n:
Herrgott, magst alls tau 'n Gauden wenden,
Wust gnädig up uns runnerscihn
Un laat kein Leid an uns gescheihn!

De ierste Blitz! – ein Füerstrahl
Fohrt zickzack up den Acker dal,
Dor gliek noch ein, – de Häben lücht,
Un krüz un quier dat Füer flüggt,
Un Gnast un Gnaddern, Slag up Slag,
As brök he an, de jüngste Dag.
Dor – Blitz un Slag – de Splitters stöben,
De hoge Pappel müßt an glöben,
Würd stolt in 'n Häben rinnerragen,
Nu is ehr Kron tauschandenslagen
Un bet in 't Läben is se drapen.

De Häben treckt sien Slüsen apen,
Mit Mollen gütt dat up dat Land
Un gierig süggt de dröge Sand.
De Druppens pladdern hart un swier,
De Hawer dükert sick tau Ir
Un leggt sick platt, väl Halms sünd knickt,
De hett dat Wäder runnerdrückt,
Ok Hagel is mit roewergahn.
In Schuddern ward de Acker stahn,
Wat he so lang'n mit Stolt hett dragen,
Ein Ogenblick hett 't runnerslagen.

Un wieder pietscht in Raasch un Wut
De Wulk ehr fürig Slangen rut,
De ganze Häben knackt un gnastert,

Dat grullt un rullt un hult un rastert
Un frett sick sülwst vör Gall un Gift.
De Acker stähnt – de Landstrat driwt,
Dor – wedder gnaddert rings ümher, –
Dat wier de slimmste Slag bether.

As harr de Wulk sick sülwst verfiehrt,
De wille Wut hett utregiert,
Dat Toben is mit 'n Mal verflagen,
In blage Fiern is 't wiedertagen,
Blot hen un wedder bluckt 't noch mal.
De Rägen fisselt sachten dal,
As wull mit warme, weike Händen
He wedder alls tau'n Gauden wenden, –
Un kiek, von 'n Häben grient de Sünn,
'ne Luk se in de Wulken fünn,
Un küßt un tröst de arme Ir,
Dat nu vörbi dat Bangen wier.
Hett ok dat Wäder Wunden slagen, –
An 'n Häben lücht de Rägenbagen,
Ward doch sick oewer Wulken bugen,
He winkt uns tau: Hewt all Vertrugen!
De oewer Welt un Wulken sitt
Un in de Düp sien Füer smitt
Un schürrt un roest dat wiede Land, –
He leggt ok wedder tru de Hand
Up Weh un Wunden, Plag' un Pien,
Heilt alls mit Lew un Sünnenschien,
Nah korte Tied, denn is 't ein Drom,
In Pracht un Prangen steiht de Blaum,
In blagen Schemer lacht de Häben,
Un oewerall bläuht nieges Läben. –

Herr Klickermann wier föftig Johr.
In vullen Schapen stünn he dor,
An 't Wark, wat em eins anvertrugt,
Harr he mit Kräften wiederbugt
Un sick kein Mäuh verdreiten laten.
Hc harr ok einen trugen Maaten,
Mit den tausamen, Hand in Hand,
Harr he bestellt sien Strämel Land,
Ein jeder up sien eigen Flag.
Un wier ok rusig mal de Dag
Un wier ok mal 'nen Schäw ehr räten,
Harr einer 'n Stein in 'n Weg ehr smäten,
Un wier ok mal 'nen Fählslag kamen, –
Se harren niegen Anlop nahmen,
Von frischen wieder pläugt un plant't
Un flietig warkt mit Hart un Hand.
Dat Saatkurn, wat tauhöchten schaten,
Harrn s' hägt un plägt un tru begaten
Un Lew em up den Weg mitgäben.
De Blaum harr bläuht, de Frucht harr dräben, –
Hüt wiesten Schaul un Hus un Goren,
De Frucht würd riep un vull de Ohren
Un Lohn tau seihn för Mäuh un Fliet,
Ehr Läben stünn in Sommertied,
Wohen se seegen, vulle Dracht. –

In 'n Kösterhus' würd jucht un lacht.
In' Gäwelstüwken, wo de Wien
In't Finster schulte, müßt dat sien,
Dor kem dat her un klüng so eigen,
As 't junge Dierns blot farig kreegen.
Wer juchte denn? Wer wier denn dor?
'ne Diern keek rut, mit kruse Hoor,
Harr in de Hand ein Taschendauk

Un harr sick rein, as wier s' nich klauk,
Un winkte ruter as verdull,
As wenn se einen raupen wull.
Wer wier dit doch? Wer keek dor rut?
So seeg jo Dürten Struk eins ut,
As se 'ne junge Brut noch wier, –
Wo väle Johre wier dat all her!
Ne, Dürten nich, dat ji 't man weiten,
Dit wier jo Dürten ehr lütt Greten,
Un grad so smuck un flink un hild
Un ganz ehr Mudder Äbenbild.

Nah wecken winkte se denn hen
Un wecken güll dat Juchen denn?

„He kümmt – – he kümmt – uns' Friederich!
Du Brauder, sühst dien Swester nich?"
Denn run de Trepp – wat güng'n de Bein,
„He kümmt, he kümmt, ick hew em seihn!
Mien Brauder kümmt, wat freu ick mi!"
Un an ehr Mudder sprüng s' vörbi,
Rut ut den Hus' – juchhei! noch mal
Un rönnte denn de Landstrat dal.

„Nu kiek, wo hett de Diern dat hild,
De hett sick hüt, as wier se wild,
As wenn uns' Jung ehr Brüjam wier, –
Du, Heinerich, kumm fix doch her,
Uns' Jung kümmt an, uns' Friederich", –
Un Dürten sülwst würd hibbelig, –
„Dien Paster, Vadder Klickermann, –"
De Hast von Greten steek ehr an,
De Koekenschört, de smeet se hen
Un up de Söcken mök s' sick denn –

Un dunn wier s' ok all up de Strat.
Jejajija! se kem tau laat,
Ehr Dirn wier fixer in de Bein,
De würd se hinn'n all diesen seihn,
Ganz in de Fiern würd de all lopen
Un ümmer: Brauder – Brauder! raupen.

Un in de Dör stünn Klickermann
Un keek de Loperi sick an,
Hier vörn sien Fru, dor hinn'n sien Greten, –
Wat süll denn disse Hopphei heiten?

Jeja! de Tied, de blew nich stahn,
De wier so vörföötsch wiedergahn,
Wier wedder 'n halv Stieg Johr verflaten.
De Görn wiern in de Höchten schaten,
Dat Kurn drög buten riepe Ohren, –
Ut Kinner wiern grot Minschen worden. –

De Landstrat dal, nah'n Dörpen tau,
Mit Juchhei! un Halli – Hallo
Ein junge Burß in Locken güng
Un sien Studentenkäppels swüng,
'n darben Krüzdurn in de Hand,
So tröck he dörch dat Sommerland,
Wat förredem de Ollen dahn,
Dat würd ok gaud de Jungen stahn.
Dat Wannern geiht noch mal so licht,
Wenn ut de Kähl ein Leedschen stiggt,
Un ierst bi jung'n Studenten gor
Is Lust tau'n Singen ümmer dor.

Ick weit ein Flag in wiede Fiern,
In 'n Öllernhus' bün 'ck gor tau giern,

Ein slichte Kat – steiht an de Strat,
Wo ward dat Hart mi slagen,
Dor bün ick burn un tagen!
Halli – hallo! dor freu 'ck mi tau,
Dor freu ick mi ganz bannig tau!

Ick weit 'nen Born, de is man lütt,
Doch säut de Drunk, de ruterflütt,
Hew Döst ick hatt – ick drünk mi satt,
An trugen Mudderharten
Vergeet ick all mien Smarten, –
Halli – hallo! dor freu 'ck mi tau,
Dor freu 'ck mi noch väl düller tau!

Ick weit 'ne Dirn mit swarte Hoor,
De hett mi lew siet Dag un Johr,
Dat weit man kein – as wi allein,
Un wenn w' uns ok mal tarren, –
De sall mien Fru eins warden!
Halli – hallo! dor freu 'ck mi tau,
Am aller-allermeisten tau!

Un as tau End'n sien Wannerleed,
Sien Käppels in de Luft he smeet,
He wier Student un frank un fri
Un dat Semester wier vörbi,
Nu güng 't nah Hus tau'n iersten Mal, –
Juchhei, juchhei un noch einmal,
Sien Öllernhus seeg he all stahn,
De Bein würdn von alleinen gahn.

Up einmal seeg' ne Dirn he lopen,
He hürte sienen Namen raupen,
 He keek, – dat wier sien Swester jo, –

„Juchhei, mien Gret! halli – hallo!“
Denn läd he los un ehr entgegen,
Ok Greten löp, ehr Röck, de flögen –
„Mien Gretenswester, hest du ’t wüßt,
Dat ick hüt morgen kamen müßt?“

„Ne, Friederich, ick hew mi ’t dacht,
Ick hew von drömt in disse Nacht“, –
Denn kreeg s’ em bi den Kopp tau faten,
Un Brauder müßt sick küssen laten – –

„Na, Greten – wat is los mit Di?“

„Ach, Friederich, wat freu ick mi!“
Denn keek s’ em sick ierst neeger an, –
„Du lettst Di jo ’nen Snurrbort stahn?
O Friederich, wo lett Di dat!
Du hest doch sünß kein’n Snurrbort hatt?
So mag ick Di noch lewer lieden!“
„Gliek fangst Du wedder an tau strieden – –“

„Ne, Brauder, ne, ick mein jo man, –
Doch kiek mal henn, wer kümmt dor an?“

„Uns’ Mudder! – Kumm, mak fixing tau!“
Nu harr he nich mihr Rast un Rauhn,
Up Muddern los in vullen Draw,
De stünn un wischt’ den Sweit sick af,
Se harr sick ut de Pust all lopen.
„Mien Mudding!“ würd ehr Friedrich raupen,
Se oewer höl de Arm vonein,
Wat wier de Freud ehr antauseihn!

„Mien lewe Jung! – Mien Friederich!
Dat Du hüt kemst, dat ahnt’ ick nich,

’ne grötter Freud künnst mi nich maken!“
Un dorbi würd s’ sien Backen straken,
Un läd den Kopp an sienen Bussen,
Ehr Jung wier oewern Kopp ehr wussen,
Mit natte Ogen keek s’ em an.

„Mien Brauder hett ’nen Snurrbortmann!“
Lütt Greten künn sick nich mihr hollen,
De Snurrbort wiern in ’t Og ehr follen, –
„Nu kiek mal blot, wo em dat lett!“

„Ne, wo de Dirn sick wedder het!
Vernünftig is s’ ok nich ’n Happen,
De hett den Kopp vull luter Grappen,
De letzte Tied is ’t rein ut ’n Schick, –
As wier s’ verlewt, so hett se sick! –
Nu kiek mal blot, – wat is mit Di, –
Du kriggst jo ’n roden Kopp dorbi?“

„Ick roden Kopp? – dat ick nich wüßt!
Dat kümmt woll, Friedrich hett mi küßt,
Ne, roden Kopp – – dat’s doch man so, –
Tau mienen Brauder freu ’ck mi tau!“
Un üm den Hals kreeg s’ em tau faten, –
Man jo nix Muddern marken laten!
Wat wier denn los? wat harr denn Greten?
Ne, ne, – dat dörfte keiner weiten,
Un ut de Schaul würd hier nich snackt, –
Fix hett s’ ehrn Brauder ünnerhackt,
Un Mudder Dürt mök ’t äbenso, –
Un juchhei! güng ’t nah’n Dörpen tau.

Wo blew denn Vadder Klickermann?
 De keek sick dat von wieden an,

De stünn noch ümmer vör sien Dör.
Dat kem em doch tau snurrig vör
Un wier ok gegen sienen Stand,
Wenn he nu ok ut Rand un Band, –
Wier em dat Hart ok noch so vull, –
De Landstrat runnerstörken wull.
Sien Dürt un Greten harrn dat dahn,
He blew hier vör sien Husdör stahn,
Von hier ut wier sien Jung eins tagen
Un in de Friheit ruterflagen,
Hier harr sien Jung em eins verspraken,
He wull sien Öllern Freud blot maken,
Hier harr sien Jung adschüß em seggt, –
Un soans wier 't nich mihr as recht,
Hier wull he stahn un up em lurn,
Dat würd jo ok so lang nich durn,
He seeg s' den Weg all runnerkamen,
Den Jung'n harrn s' in de Midd sick nahmen
Un mit Juchhei! so tröken s' ran.

In Sinnen stünn oll Klickermann.
Dat wier an dörtig Johr all her,
Un doch, as wenn 't ierst gistern wier,
Ok dunn wier ein' mit kruse Locken
De sülwig Landstrat runnertrocken.
Ein junge Wannersmann wier dat,
Doch keiner harr sick üm en hatt,
Nah em harr keiner ruterseihn,
Verlaten güng he un allein.
De Handwarksburß von dunntaumal
Keek hüt de sülwig Landstrat dal,
Hüt kem sien Jung dor angetagen,
Un twei wiern em entgegenflagen,
Un Mudderlew un Swestergruß,

De führten em in 't Öllernhus,
Un de dor kem, de wier Student, –
Wo harr dat Blatt sik einmal wendt!

In Sinnen stünn oll Klickermann, –
Der Herr hat alles wohlgetan!
'ne Tran würd he ut 't Og' sick wischen,
Ein ganzes Läben leeg dortwischen,
Ein Läben vull von Mäuh un Fliet.
Nah 't Frühjohr kem de Sommertied,
Väl Water wier bargrunner flaten,
He dacht an sienen trugen Maaten,
De drög dat sößlingswies' tausamen,
Dat Friedrich up de Schaul künn kamen,
Se wüßte jo, ehr Klickermann,
De hüng mit ganze Seel doran,
Wenn se de Middel jichtens harren,
Denn süll ehr Jung eins Paster warden.

Alleinen harrn se nich tau dögt.
De Paster harr 't mit farig bröcht,
De sorgte tru för sienen Päten.
Wo oft harrn se tausamen säten
Un harrn dat hen un her bespraken,
Wo 't woll am besten wier tau maken,
Dat koste all ein Heidengeld,
Un dormit wier 't man swack bestellt.
Doch wat de Paster einmal wull,
Dat künn denn kamen noch so dull,
He sett't dat dörch, un so ok hier.
He sorgte för ein Friquartier,
He sorgte ok för billig Bäuker, –
In so wat wier he ganz deil kläuker
Un wüßt ok düller up tau lopen, –

Un soans kem denn alls tauhopen.
Un Friedrich harr de Schaul besöcht
Un harr dat bet tau'n Primus bröcht,
Wat ded sick dick dunn Klickermann,
Denn einen Primus gew dat man,
Un disse wier sien Friederich,
So 'n Schäuler gew 't kein'n tweiten nicht!
Un vörrig Johr mök he Examen
Un wier nahher nah Rostock kamen,
Nu güng 't ierst los, dat richtig Lieren,
Up' Paster würd he dor studieren,
Un wier von Hus all oewern Johr, –
Hüt oewer wier he wedder dor,
Dor hinnen kem sien Friedrich an.

Wat schad di, Vadder Klickermann?
Du wust doch vör dien Husdör blieben?
Ward di nu doch de Driwwel drieben,
Kann 't Vadderhart sick nich mihr hollen?

Üm 'n Hals sünd sick de beiden follen.
„Willkommen in dem Elternhaus!
Mein Jung, was siehst Du prächtig aus,
Bist ein Student der Theologie, –
'ne größre Freude hatt' ich nie!
Mein Dürten, ist das Herz mir froh!
Doch laß man sehn, mir scheint es so,
Als ob in dieser Jahresfrist,
Der Jung noch gewachsen ist,
Ich bin doch grade auch nicht klein, –
Er wird mir überlegen sein!"

„Mein Vater, das ist doch nicht wahr,
Das kommt von meinen krausen Haar."

„Mein Jung, nun bist Du wieder hier,
Ziehst wieder in Dein alt Quartier,
Das sollen schöne Wochen werden, –
Hier ist ’s am schönsten doch auf Erden,
Es soll Dir auch an nichts nicht fehlen, –
Was wirst Du alles uns erzählen!
Nich, Dürtenmutter, freust Dich nich
Zu Deinem großen Friederich?“

„Ja ja, nu laat doch blot dat Räden
Un laat mi doch den Jung taufräden,
De weit jo gornich, wat he sall,
Ganz tüderig, steiht he dor all. –
Ach Kind, ick hew jo ganz vergäten,
Du hest noch gor kein Frühstück äten, –
Ne, Heinerich, wat makst Du all,
Wist Du denn, dat he hungern sall?
Ward Di dat Kind denn gornich jammern?“
Un ehren Jung würd se sick klammern, –
„Kumm rin, mien Jung, ick will di plägen,
Hest woll hüt morrn noch gornix krägen,
Ick snie ’ne frische Mettwust an
Un slag Di Eier in de Pann,
Ok dicke Melk hew ich noch stahn, –“
Un so würd ’t ümmer wiedergahn,
Alls süll he hemm, ehr Friederich,
Blot rinnergahn, dat ded se nich.
Ierst kreeg se Klickermann’n tau faten,
He süll dat völe Droehnen laten,
Harrn Plaster up dat Mul em backt, –
Un nu harr s’ sülwen fast sick snackt.

„Kumm, Friederich, kumm mit!“ säd Greten,
 De würd ’t am allerbesten weiten, –

„Laat Vadder – Mudder dor man stahn,
Wi beiden willn man rinnergahn!“

„Wat seggst nu, Vadder Klickermann?
Nu kiek Di blot uns' Kinner an!
Dor gahn se hen – un wie stahn hier!“

„Komm Dürten, komm, wir folgen ihr!“ –

Wier 't still un einsam west bether,
Dat gew 't in'n Schaulhus nu nich mihr,
Dat ruhig Warken wier verflagen,
Ein Läben wier in 't Hus rintagen,
Dat wier ein Fragen un ein Freuden,
Üm Friedrich würd sick allens dreihden,
Ein jeder wull von em wat weiten,
Knapp, dat s' em Tied tau 'n Äten leeten,
Ein jeder purrte bi em an.

„Mein Sohn“, säd Vadder Klickermann,
„Was freu ich mich zu dieser Stunde,
Wo ich aus meines Sohnes Munde
Erfahre, was mir unklar ist,
Indem, daß Du Studierter bist
Und weit mir überlegen schon
In Wissenschaft un Relion.
Ich muß mich ja zufrieden geben,
Und dennoch habe ich ein Streben,
Es tut mir noch so manches fehlen, –
Das allens kannst du mir erzählen,
Jetzt brauch ich Herrn Pastoren nich,
Ich hab' ja meinen Friederich!“

Un denn güng los de Frageri,
Un Friedrich wier mit Freuden bi,

För alls, wat he von Vaddern krägen,
Künn soans he sien Schuld afdrägen.
Sünß harr he Schu vör Vaddern hatt,
In den sien Wäsen wier so wat,
De wier für sick 'ne Welt allein, –
Nu leet he sick in 't Hart rinseihn.
He würd nich mihr as Vadder spräken,
Würd nich den Soehn as Kind mihr räken,
Se spröken as poor gaude Fründen,
De sick so ganz un gor verstünden.
Un Friederich sünn ümmer mihr,
Wo riek an Weiten Vadder wier,
Dat harr he nie nich in em söcht,
Ut 'n Harten kem 't un quüll tauhöcht,
Un wat dor flöt, wier itel Gold – –
Up sienen Vadder keek he stolt,
Dat wohre Weiten he hier fünn,
Väl mihr, as 't in de Bäuker stünn,
Un hillig Stunden würden dat,
As he bether harr nie nich hatt.

Harr Klickermann 'ne Tiedlang spraken,
Denn würd sick Dürten ranner maken,
Ehr Jung, de kem ehr ümmer vör,
As wenn he bannig mager wier,
So nüsternbleik seeg he ehr ut.
Se halte Wust un Schinken rut, –
„So, mien lütt Jung, nu holl Di ran,
Dat olle Liehren grippt so an,
Ick weit nich, ji mit jug' oll Bäuker, –
Dat makt Dien Swester ganz Deil kläuker,
Dor kiek, wat hett s' för rode Backen
Un kann so läufig dauhn un snacken, –
Du büst so blaß, – ward Di wat fählen?

Mötst Di noch mit 't Latinsche quälen?
Dat Pasterwarden hett sien Stuken, –
Ick wier tau so wat nich tau bruken!"

„O mien lew Mudding, snack doch nich,
Hew man kein Bang'n", säd Friederich,
„Bether würd ick noch ümmer satt,
Hew ümmer up den Disch wat hatt,
Dat kümmt von 't Stubensitten her", – –
Lütt bäten doch versweeg he ehr,
Wo oft harr he in 'n Düstern säten,
Wo oft harr dröges Brot he äten,
He wüßt, sien Öllern würd dat swier,
Würd he man satt, wat brukt' he mihr.
Un wat säd sien lütt Schwester denn,
Trök de dat ok nah Braudern hen?

Mit Greten wier wat nich in Reig.
So drad se sick alleinen seeg,
Denn würd ehr Og' so eigen kieken,
As würd de Freud dörch 't Hart ehr slieken,
As wüßt' se wat, wat keiner wüßt',
Wat se för sick behollen müßt,
Blot einen mücht se 't anvertrugen,
Vör einen würd se sick nich schugen,
Ehrn Friederich, den' wull se 't seggen,
Den Arm wull s' üm den Hals em leggen
Un allens em denn ingestahn,
Ob recht dat wier, wat se harr dahn.

Gottlow, nu wier s' mit em allein,
Von Vadder – Muddern nix tau seihn, –
„Kumm, Brauder", würd s' em ünnerhacken,
„Ick mücht allein mal mit Di snacken,

Willn beid mal in den Goren gahn, –
Nu kiek, wo all uns' Tüffel stahn!"

Ehr Brauder stünn un keek ehr an,
„Wat hest Du, Greten Klickermann,
Wust Du mi blot de Tüffel wiesen?
Du Swester, hew mi nich tau 'n Griesen!"

„Ja, Friederich, Du sast dat weiten, –
Nu schell ok nich up Dien lütt Greten,
Ick weit dat sülwst nich, wo dat kamen, –
Wie hemm uns beid so lew tausamen,"
Un üm den Hals kreeg s' em tau faten, –
„Ick kann un kann nich von em laten,
Un he ward ok so gaud dat meinen", – –
Un bitter füng se an tau weinen.

„Mien Gretenswester, kiek mi an, –
Du hest doch nich wat Slechtes dahn?
Doch ne, ick kenn mien Greten jo,
Nu mak mal fix de Ögings tau
Un denn vertell un spräk Di ut,
Ick glöw, Du büst 'ne heimlich Brut!"

„Jä, Friederich, wat sall ick maken,
Ick hew dat Willem fast verspraken,
Un Willem Stahl meint 't äbenso, –
Wi hemm uns lew, – – wat seggst dortau?"

„So? – Willem Stahl? – Nu kiek mal an,
Wat mien lütt Swester nich all kann!
Du hest jo nüdlich wat up 'n Karrn,
Du wist 'ne lütte Smädfru wardn?
Un wist womoeglich bald all friegen

Un ick sall denn 'n Swager kriegen?"
Un Friedrich föt sien Swester üm
Un sprüng un danzte mit ehr rüm.

„Ne, Friederich, wat fällt Di in,
Mi is tau 'n Lachen nich tau Sinn,
Dat 's all so licht nich, kannst man glöben,
Mien Willem will nich länger töben,
Mit Muddern kam 'ck woll in de Reeg,
Wenn 'ck Vaddern blot man rümmerkreeg!"
„Weit 't denn noch kein'?" –

„Ne, Friederich,
Ick schäm mi so – ick segg dat nich,
Mien Willem meint', ick süll Di fragen,
Du künnst so 'n bäten Vörpahl slagen."

„Ne, mien lütt Diern, dat würd noch fählen,
Friwarwer süll ick för jug spälen?
Dat makt man beid alleinen af,
Dor bring Dien'n Willem man up 'n Draw,
De is doch sünß kein Bangbüx nich,
Up einmal is de zimperlich?
Wenn he 'ne Fru erniehren kann,
Denn räd em tau un krieg em ran,
Denn möt he spräken, frank un fri,
Wat sall denn disse Treckeri,
As Swestermann is he mi recht, –
Dat segg em man, harr ick Di seggt!"

„Ja, dat will 'ck dauhn, ick will em kriegen,
Ick will em hüt up 't Dack noch stiegen,
Wi drapen uns hüt abend noch,
Denn einmal seggen möt he 't doch. –

O Friederich, wo sall dit warden,
Wenn w' dit blot hinner uns ierst harren!" –

De Abend harr sick runner laten,
Licht brennte all in 'n Kösterkaten,
In 'n Schummer leeg de Goren dor.
Wat wier dat för ein junges Poor,
Dat bi de Stickelbeeren stünn,
Wo doch kein Minsch mihr plücken künn,
Wo Stickelbeern doch nich mihr wüssen?
Hier würden twei sick heimlich küssen,
Lütt Greten wier 't un Willem Stahl.
„Nu 's 't naug", säd Gret, „nu laat mi mal
Blot einen Ogenblick taufräden,
Wi möten doch vernünftig räden.
Du wierst tau bang'n, säd Friederich,
Dit Rümmerdrücken schickt' sick nich,
Du süst doch driest mit Vaddern spräken,
Du büst 'n Kierl, kannst Isen bräken,
In disse Sak büst Du so zag."

„Jä, Diern, wenn ick dit nu nich mag!
Dien Vadder kümmt mi ümmer vör,
As wenn he noch mien Köster wier,
As stünn he dor mit sienen Stock,
Ick hew vör em heil mächtig Schock,
Ick müscht jo gor un gor tau giern, –
Mien lütte, lewe, säute Diern, – –"
Un wedder harr mit sienen Mund'n
He Greting ehr lütt Münning funden.

Doch in de schönste Sommertied
Is dat Gewitter ok nich wied,
Un baddig wier 't den ganzen Dag.

„Ich glaub', ich seh mal draußen nach,
Woans es mit dem Wetter steht,
Ob morgen woll das Austen geht,
Ich will mal nach dem Himmel sehn."
Un Kösting mök sick up de Bein
Un würd denn ok nah 'n Gorcn gahn.
Wat seeg he bi de Büsche stahn?
Wull einer dor all Appel stählen?
Na, so wat würd em grad noch fählen.
Lies up de Teihn sleek he sick ran.
Up einmal oewer höl he an,
Wat hürte he? wat würd dor spraken?

„Ja, Willem, so mötst Du dat maken!
Un morgen früh all fröggst Du an,
Denn seggst Du driest: Herr Klickermann,
Se hemm 'ne lütte schöne Diern,
Un ick kann gaud 'ne Fru erniehren,
Wie hemm uns beid för 't Läben giern, –
Wie könn'n von'anner nich mihr laten, –
Un denn mötst Du 'n Hart Di faten
Un fröggst em denn, wo he tau stünn,
Ob ick Dien Fru nich warden künn."

„Ja, dat will 'ck dauhn", säd Willem Stahl,
„Un morgen gah ick driest up dal.
Ick meint 't so ihrlich doch un tru, –
Giw mi 'n Kuß, mien lew, lütt Fru, –
Wat büst Du säut, mien lew, lütt Greten, –
Dit süll man blot Dien Vadder weiten – –"

„Er weiß es schon, ihr Rasselbande!
Muß ich erleben diese Schande,
Es drückt sich hier mein Fleisch und Blut

Mit einem solchen Tunichtgut?
Das Donnerwetter soll Dich kriegen!“

„O Vater“, würd sien Greten schriegen,
„Wir haben Schlechtes nicht getan.“

Nu würd ok Willem rannergahn,
„Herr Klickermann, dat Se ’t man weiten,
Ick mein dat würklich tru mit Greten
Un morgen früh wull ick Se fragen, –
Dat Se mi nich mien Greten slagen!
Ick hew de Schuld, ick will dat drägen,
Ick bün hier heimlich roewerstägen,
De Diern is mien, ick swieg nich still,
Mag kamen, wat dor kamen will!“

„Dich frag ich nicht, Du scherst Dich raus,
Und ich verbiete Dir mein Haus,
Du hast nichts mehr zu suchen hier, –
Von jetzt an sag’ ich ’Sie‘ zu Dir!
Und Du gehst ’rein, Du falsche Magd, –
Was Deine Mutter woll zu sagt!“
Un trök mit ehr den Stieg hendal.
„Wein nich, mien Diern“, röp Willem Stahl,
„Ok dit Gewitter ward sick gäben,
Ick bliew Di tru för ’t ganze Läben!“ –

In Fräden würd dat Schaulhus stahn.
Jung-Friedrich wier all slapen gahn,
Blot Dürten wier noch up de Bein,
Se würd ehrn Jung sien Strümp nahseihn,
Up einmal oewer schöt s’ tausamen,
Ehr Mann würd in de Dör rinkamen
Un wier ganz weg vör Raasch un Wut

Un as so ’n Bieter seeg he ut, –
„Das ist ein schöner Freudentag!
Das dicke Ende kömmt nun nach,
Da kuck Dein Kind, kuck sie Dir an,
Wo sich die Dirn verstellen kann!
Im Garten hab’ ich sie getroffen,
Sie küßte sich da frei und offen
Mit Wilhelm Stahl, dem Schmiedesohn,
Ein Schlingel war er immer schon,
Als er noch in der Schule hauste
Und mir die besten Äpfel mauste, –
Nun wird er frech noch obendrein, –
Der Mensch will unsre Tochter frei’n?
Die Grappen will ich ihm vertreiben,
’n groben Brief werd’ ich ihm schreiben,
Er soll sich ja nicht unterstehen,
Sonst könnt es ihm mal schlecht ergehen!“

Dürt’nmudder keek ehr Greten an,
De würd as Weh un Waddick stahn,
Se slög de beiden Händ’n tausamen,
De Sak wier oewern Hals ehr kamen.
Doch durt’t nich lang’, dunn schöt ehr in,
In so wat harr se ’n plietschen Sinn,
Diss’ Willem Stahl, de kreeg de Smäd’,
Un gor kein Schulden up de Städt’,
Un disse wull ehr Greten nähmen? –
Dor brukte se sick nich tau schämen,
Nix Leegs wier Willem nahtauseggen, –
Dor müßt se sick in ’t Middel leggen.

„Ick weit nich, Vadder Klickermann,
Wo ein’ sick so regieren kann,
Dit sünd doch all man slichte Saken,

Wo kannst Du so 'ne Wirtschaft maken!
Wenn sick de beiden lieden moegen,
Dat wier jo gaud, dat süll mi hoegen!"

Na, so wat mücht nu Greten hürn.
„Wi hemm uns beid von Harten giern,
Ick hew mi ok nix Leegs bi dacht, –"
Un still hett s' ünner Tranen lacht.

„Was sagst Du da? Ich soll das leiden?
Du nimmst in Schutz noch gar die beiden?
Seid Ihr denn rein aus Rand und Band?
Denkst Du denn nicht an meinen Stand?
Verdreht sich allens denn auf Erden?
Mein Friederich soll Pastor werden
Und meine Tochter läßt sich drücken
Und heimlich hinter unserm Rücken?
Und da soll ich noch ja zu sagen?
Ein Wetter soll da zwischenschlagen, –
So hört es sich bei solchen Sachen:
Erst muß er uns den Antrag machen,
Ich will zuerst befraget sein,
Ich sage ja, ich sage nein,
So ist's gewesen alle Zeit, –
Ich dulde keine Heimlichkeit!"

O Klickermann, dit wier nich recht,
Harrst dit man äben blot nich seggt!
Sien Dürten keek em grienig an,
Nu krieg ick di, oll Klickermann! –
„Gah mal eins rut", säd se tau Greten,
Un de würd furts Bescheid ok weiten.

„Nu hür mal tau, mien Heinerich –
Denk mal eins nah – vergät dat nich –

All oewer twintig Johr is ’t her,
Mi is, as wenn dat gistern wier,
Dat ok bi ’n Busch twei Minschen stünden,
De sick dor beid för ’t Läben fünden,
Man blot, ehr Mudder wüßt dat nich, –
Kannst Di besinnen, Heinerich?
Datsülwig, wat wie beiden dahn,
So is dat ok Dien Greten gahn,
Würd dat ehr eigen Vadder maken,
Denn hett sien Dochder nix verbraken.
Ok Du hest mi dunn heimlich küßt,
Mien Mudder hett dor nix von wüßt, –
Du Schoeping Du, mi makst nix vör,
Dor hew doch Inseihn mit dat Gör,
As Mudder segg ick ja dortau, –
Un Du, mien Kierl, makst äbenso!“

Sühso, nu rohr! un Klickermann,
De keek sien Dürten doemlich an,
He kreeg so ’n Tucken in sien Mienen,
Un durt’ nich lang’, dunn würd he grienen,
He föt sien Dürten üm den Nacken,
Up einmal würd he plattdütsch snacken:
„Warraftig! Dürten, Du hest Recht,
Dor hew ’ck mi schön in ’n Nettel leggt!
Wat helpt de Mannslüd all dat Räden,
Laat ein de Wiewer blot taufräden,
Ick hew dat all in Raasch man spraken, –
Denn will ick wedder gaud dat maken,
Raup Greten rin!“
Un Greten kem.
„Mein Kind, es ist nun mal andem,
Daß Du in Deinen jungen Jahren
Die Liebe hast an Dir erfahren.

Was ich gesagt, sollst Du vergessen.
Du hast auf meinem Schoß gesessen,
Dein Herz war stets von Sünde rein,
So wird es auch noch heute sein, –
Magst Du denn Deinen Wilhelm leiden,
Dann sag ich ja zu Euch zwei beiden.
Nun ist es doch ein Freudentag, –
Doch wo dies kam, da frag' nicht nach!"

Wat sprüng lütt Greten in de Höcht,
As wenn sei dod em drücken möcht,
So föt se ehren Vadder üm
Un in de Stuw sprüng s' mit em rüm. –

„Mein liebes Kind", säd Klickermann,
„Geh lieber zu Dein' Mudding ran,
Die hat's getan, sie ist 's gewesen,
Sie hat die Beichte mir gelesen
Und um den Hals sollst du ihr fallen, –
Sie ist die beste von uns allen."

„Mien Mudding, ach, dat wüßt ick jo!"
Un küßte ehr in einen tau,
Un de? Wo giern würd de dat lieden, –
De dachte an ehr Jugendtieden.

„Und nun, mein Kind", säd Klickermann,
„Die Sache ist erst halb getan,
Ich tue einen hier vermissen,
Dein Willem soll es heut noch wissen,
Im Bette wird er noch nicht liegen, –
Willst Du mal fixing runterfliegen,
Und hol ihn her und sag ihm man,
Sein alter Lehrer Klickermann,

Der hätte ihm noch was zu sagen,
Das würde ihm woll sehr behagen."

„Ja, dat will 'ck dauhn!" Un as so 'n Wind
Flög ut de Dör dat säute Kind
Un as so 'n Wäsel würd se springen,
Dit Orden wull se giern em bringen. –
Dat kloppt'. – „Herein!" säd Klickermann,
Dor würdn de beiden Sünners stahn.

„Tritt näher, lieber Wilhelm Stahl!
Ich seh Dich heut zum zweiten Mal",
Un dorbi drauht' he mit den Finger,
„Was machst Du Jung mir all für Dinger!
Einst hast Du Äpfel mir gestohlen,
Heut willst Du gar mein Greting holen,
Als Eigentum für 's ganze Leben?
Kann ich die einem Menschen geben,
Der heimlich über Hecken steigt
Und nicht ein Spierken Reue zeigt,
Indem er meine Tochter küßt,
Als wenn sie seine Braut schon ist? –
Nein, Dürten, laß! Ich spaß' ja man,
Siehst Du mir nicht das Grienen an? –
Mein lieber Sohn, nun höre zu?
Wenn ich Dir Greting geben tu,
Will ich Dich auf's Gewissen fragen:
Du sollst sie mir auf Händen tragen,
Was mir mein Sonnenschein auf Erden,
Das soll bei Dir nicht trübe werden,
Mein Kind sollst Du in Ehren halten, –
Uns' Herrgott möge drüber walten! –
Versprichst Du dieses, Wilhelm Stahl?"

Tauierst keek Willem vör sick dal.
He schämte sick, as Klickermann
Up 't Appelmusen spälte an,
Doch as von Greten wier de Räd',
As he von Sünnenschien wat säd,
Dunn keek he hoch, sien Ogen gläuhten,
As wenn dor Funken ruterspreuten,
He trädte nah den Köster ran
„Mien hillig Wurt, Herr Klickermann!
Mien Hand will ick in 't Smädfür leggen,
Un Schuft sall jeder tau mi seggen,
Vertiehren sall mi Hitt un Küll,
Wenn ick mien Wurt eins bräken süll!"

„Dor hest du se! – nu holl dat tru!
Von hüt an heit dat: Du un Du!
Sast Vadder – Mudder tau uns seggen!" –
Un würd ehr Händ'n tausamenleggen.

Se küßten sick. Oll Klickermann
Güng sachten denn nah Dürten ran,
Deep in de Ogen keeken s' sick,
Se tiehrten von dit junge Glück, –
„Wie schade doch", säd Klickermann,
„Daß Friedrich dies nicht sehen kann,
Indem, daß er in Liebessachen
Sich weiß noch keinen Vers zu machen."

„Du Dümming Du! Hew man kein Bang'n,
Dien grote Jung, de weit 't all lang'n,
De hett sien Hand mit twischen hatt,
Von Greten äben hürt ick dat!"

„Na, nun wird's Tag! So muß's auch sein!
Der kömmt ins Haus erst eben 'rein,

Gleich weiß er was – bloß ich und Du,
Wir beiden Alten kucken zu!“ –

De Wäderwulk wier wiedertagen,
Ein kolle Slag wier runnerslagen,
He harr nix dahn, wier blinden Larm, –
Ut Öllernharten steeg so warm
Ein Hapen in de Taukunft rinner, –
De Ollen bädten för ehr Kinner. –

Sünndag

In Drus un Drom liggt noch de Ir.
De Näwelswaden hängen swier,
Se waugen oewer Feld un Flur,
Se wäuhlen oewer Wisch un Muur.
Mit döstig Lippen liggt de Braak
Un drinkt sick satt an Dau un Daak,
Denn wedder sackt se weg in Rauh,
De Näwelsleier deckt ehr tau.
Dor, wo de Hawerhocken stahn,
Ward lies ein Bäwern roewergahn,
De Morgenwind mit weike Hand
Strakt sanft dat mäude stille Land,
He ei't un küßt de kahle Stoppel,
Treckt roewer nah de Eikenkoppel,
Ward in de drögen Bläder muscheln,
Ward in de hogen Kronen ruscheln,
Vertellt ehr von den niegen Dag,
Wat de all Schöns woll bringen mag,
An Vagelsang un Sünnenschien, –
Hüt würd jo Sünnensünndag sien!

De Vagel plust sien Fedderkleid,
Kriggt Lust all tau ein Morgenleed,

He ritt den Snawel ok all apen, –
Sie still! – sien Wiewken will noch slapen, –
Wat schad di? seggt s' tau ehren Mann,
Du fangst woll middenacht all an?
Dat is jo lang'n noch nich so wied,
'ne Viertelstund'n hest du noch Ticd!

Un blaß un bleiker ward de Maan.
De Wulken, de nah Osten gahn,
Se gläuhden up in Rosenschien, –
Süll all de Sünn in Antog sien?
Ja, kiekt! – Se schickt ehr Baden ut,
Se steckt ehr güllen Spitzen rut,
Hölt hoch den Wulkenrosenkranz,
Ehr jankt all nah den Füerdanz,
Dat brennt in ehr, mit heite Glauten
Mücht se den Häben oewerflauten, –
Dor stiggt se up, in Prunk un Pracht.
Se gräut't den Häben, winkt un lacht,
Mit ehren Riekdom will se prahlen,
Streut hunnertdusend Sünnenstrahlen. –
De Näwel makt ein mulsch Gesicht,
Em ward, as wenn he upwarts stiggt,
Em ward so licht – he flütt vonein, –
De Sünn kann nah de Ir runseihn
Un weckt ehr up ut Slap un Drom.
Se küßt up 't Og' de Ackerblaum, –
Daudruppens sächt se, ein bi ein,
Un jeder ward ein Eddelstein, –
Se leggt ehr warmes Sünnengold
Up Brink un Brook, up Wisch un Holt,
Up alls, wat se man faten kann, –
De Sünnensünndag breckt nu an.

So lang'n wier noch de Vagel still,
Nu oewer he sick wiesen will,
He kümmt mit Fleut un Vigelin,
He stimmt un prowt, wo klingt dat fien!
Un ümmer mihr Muskanten kamen,
De Draußel hett den Taktstock nahmen,
Se winkt, – un ut väldusend Kählen, –
Hüt morgen will nich einer fählen, –
Tau 'n Häben stiggt ein Jubelsang,
Un is ein Leed vull Low un Dank,
Blot einen gelt dat Jubelieren,
Se singen all blot – Gott tau Ihren. –

De Bädklock güng – dat Dörp würd waak.
Sünß güng dat rut vör Dau un Daak,
Hüt oewer leeg de Sünndagsfräden
Up all de välen Arbeitsstäden.
Nah Warkendaag' vull Mäuh un Sweit
Drög hüt de Ir ehr Sünndagskleid,
För 't Dörp brök an 'ne Fierstund'n,
De Herrgott wielte in de Rund'n, –

Bi Kösters wier hüt grote Dag.
All bi den iersten Klockenslag,
As Klickermann de Bädklock trök,
He mit so 'n wichtig Mien dat mök,
As wull he recht väl rinnerleggen,
As süll de Klang dat wiederseggen:
Hüt liggt up 't Schaulhus grote Ihr,
Ein Dag brök an, as nie nich wier,
Kamt nah de Kark un hürt jug an, –
Hüt prädigt Friedrich Klickermann!

Wat? Friederich? Wat mag dat heiten?
As wie dat Kösterhus verleeten,
Dunn wier de Jung doch noch Student,
Bi Greten hett 't in 'n Harten brennt, –
Wat is sietdem denn all gescheihn?
Willn mal bi Kösters rinnerseihn!

Vör 't Finster stünn oll Klickermann.
He harr den Herrgottsdischrock an
Un keek mit fierliche Mien
Un würd in deep Gedanken sien,
He dachte an de letzten Johr.
De Sünnenschien leeg up sien Hoor,
De sößtig wiern ok nich mihr wied,
Un doch wier 't Hart noch läbensfroh,
Dat slög noch fürig ümmertau,
He harr noch itel Freud an 't Läben,
Un hüt würd em de Dag wat gäben,
Dat wier so schön, vull Stolt un Ihr, –
De Dag, de lang' sien Hapen wier.

As 't ümmer kümmt, wier 't hier ok kamen,
De beiden Ollen harrn tausamen
Vör Johren sick ehr Nest hier bugt,
De Paster harr s' tausamentrugt,
Denn kem de Jung, nahst kem de Dirn, –
Wat dat för schöne Tieden wiern!
Hüt seet he mit sien Dürten dor,
As wier 't ein Drom un all nich wohr,
Ehr Kinner, de hier burn un tagen,
Wiern in dat Läben ruterflagen,
De güngen von ehr, ein bi ein,
Un se wiern wedder beid allein.

Sien Gretendiern, sien Sünnenschien,
Würd ok all wedder Mudder sien,
De seet heil düchdig in de Wiehr.
Vier Johr wier 't dissen Frühjohr her,
Dunn wier ehr isern Willem kamen,
Harr nah de Smäd' sien Greten nahmen,
Un wieder denn nah Dag un Johr
Seet up dat Dack de Aderbor,
Un wat wull Willem? wat mök Greten?
Den Jung, den würdn se Heinrich heiten,
Un Dürtenmudder stödd em an:
De slacht nah Di, mien Klickermann,
Droßvadder! säd all hüt dat Gör, –
So kem he sick noch gornich vör.

Un wieder sien Gedanken güngen,
Hen nah de Kark se roewersprüngen,
Wier noch 'ne halwe Stund'n vergahn,
Denn würd dor ein up 't Altor stahn
Un würd de Lüd Gottswurt verkünnen,
Un all de välen Minschen ünnen,
De keeken em so eigen an,
Dat wier jo Friedrich Klickermann,
Wier ut ehr Dörp, wer kennt' em nich, –
Un wier sien Jung, sien Friederich!

De olle Paster, – wer harr 't dacht! –
De kreeg 't mit Fewer oewer Nacht,
Vörher harr he all bäten kurt,
Un denn harr 't blot poor Daag' noch durt,
Mit einmal harr de Slag em drapen,
Un selig wier he denn henslapen.
Oll Klickermann wier rümmergahn,
Harr an sien Liek mit Tranen stahn,

Ut deepen Harten würd he truern,
He harr den besten Fründ verluren.
Wat harr diss' Mann em nich all gäben!
Em dankte he sien ganzes Läben,
All wat he wier, de harr dat makt,
Noch einmal harr sien Hand he strakt:
Dien letzte Reis' trädst du nu an, –
Slap woll, du brave gaude Mann!

'ne ganze Tied harr 'n Paster fählt.
Ein niege wier intwischen wählt,
Doch de wier noch bether nich kamen,
Un so würdn Kannedaten nahmen.
De hülpen ut, un so kem ran
Ok Kannedat Herr Klickermann,
He harr noch nie von 't Altor spraken,
Hüt süll he in sien Dörp dat maken.

Wo oewer mücht de Jung blot stäken!
Vörhen harr he noch rinnerkäken,
Süll he doch bi sien Prädigt sitten?
Denn würd dat oewer Tied bilütten.

Ne, Klickermann, hew man kein Bang'n,
Sien Mudder is mit em taugang'n! –
De putzte em un streek sien Hoor
Un harr ehr Dauhn mit sien'n Talor, –
„Hier trök 'ck Di an as lüttes Gör,
Hüt binn ick Di dat Bäffken vör,
De Pasterkrüs', – mi is binah,
As wenn 'ck vör mienen Herrgott stah!"

„Na, Mudding, nu man nich tau dull!
Du nimmst den Mund jo bannig vull!

Ick bün as Kaff man vör den Wind,
Ick bün ein doemlich Minschenkind!“

Doch Dürten wier nu mal bi ’t Snacken:
„Mien Jung, un bliew ok jonich hacken,
Denn weit ’ck nich, wat ick maken sall,
Denk an de Lüd, wat kieken s’ all!“

„O Mudding, so wat giwt ’t jo nich,
Du kennst doch Dienen Friederich,
Ick weit doch, wat ick seggen will,
Kannst ruhig sien, ick swieg nich still!“

„Na, es wird Zeit!“ kem Klickermann,
„Nun haltet euch man bischen ran,
Ich werde jetzt zum Beiern gehn, –
Im Gotteshaus – auf Wiedersehn!“

Bimbam-bimbam! – De Klöppel sleiht,
De Karkenklocken klingen,
Ut Herrgotts Hus’ ein Raupen geiht
An Minschen, Diert un Dingen,
All, wat up Irden krüppt un läwt,
All wat an ’n Häben flüggt un swäwt,
Ehr röppt de Klang
Tau Low un Dank:
Gäwt Gott de Ihr mit Hart un Mund’n,
Denn hillig, hillig is de Stund’n!

Bimbam-bimbam! – Dörch Holt un Feld
Ward’t lies un lewlich locken,
In disse Stund’n up wiede Welt

Gahn oewerall de Klocken,
Dat is, as wenn 'ne Mudder röppt
Se bangt, dat sick ehr Kind verlöppt,
Hier is de Städ'
För Freud un Fräd',
Draugt 't buten noch so swäul un swart,
Hier binnen ward 't so licht üm 't Hart. –

Bimbam-bimbam! kling 't ümmertau –
Hier sünd ji bargt un borgen,
Hier ganz allein findt ji de Rauh
Von Alldagslast un -sorgen,
Wat iwern deiht in Hetz un Hast,
Wat drängt un driwt ahn Rauh un Rast, –
Staht still un hürt,
Dat all ji spürt:
All Minschenwark hett eins sien End'n, –
Tau'n Häben upwarts reckt de Händ'n,
Bimbam – bimbam – bimbam!

Dat ganze Dörp wier up de Bein,
Alls wull den jungen Friedrich seihn,
Se kennten em von lütt up an,
Un denn ok wägen Klickermann
Un Dürten Struk un Grete Stahlen, –
Se würden ollich dormit prahlen,
Dat he ut *ehren* Dörpen wier,
Un rädten daaglang all vörher,
Se güngen hen, se wulln em hüren,
Se leeten sick dörch nix nich stüren,
Mücht kamen, as dat kamen wull!

De ganze Kark wier schraben vull,
Se würden in de Gäng'n all stahn,

Un kemen noch weck rintaugahn,
Dat wier ein Drücken un ein Drängen,
Ganz ängstlich bi diss' Minschenmeng'n.
In'n Kösterstauhl würd Dürten sitten,
Un näben ehr mit ehren Lütten
Seet Grete Stahl mit ehren Mann.
Up 't Örgelkur stünn Klickermann
Un keek up all de Minschen dal, –
Em würd ganz heit mit einenmal,
Em leeg dat up de Bost so swier, –
Wenn 't blot ein Stund'n ierst wieder wier!

De Tornklock slög – de Kark füng an.
Noch einmal dal keek Klickermann, –
Herrgott, steh meinem Jungen bei,
Gib, daß er nicht befangen sei! –
Denn würd he an de Örgel gahn.
So lewlich, as noch nie he dahn,
Füng he dat Vörspill an tau spälen,
Sien Bestes würd he ruterwählen,
Dat wier dat reine Jubelieren,
He ded dat sienen Jung tau Ihren.
Denn winkte he sien Kurjungs tau, –
Ehr Vörgesang, de klüng man so,
So hell de fienen Stimmen leeten,
As wenn up 't Kur de Voegel seeten.

Verklungen wier de Örgelklang,
Utsungen wier de Kurgesang,
Nah 't Altor würdn de Ogen gahn,
Dor würd de junge Paster stahn.
Wo leet em dat in sien'n Talor,
De Sünn leeg up sien brunes Hoor,
Blaß seeg he ut. – Nu füng he an,

Sien Kyrie steeg himmelan,
Ut vulle Bost he rutersüng,
Dat wier as wenn de Örgel klüng,
O Herre Gott! – so hell un klor,
Un Antwurt kem von 't Örgelkur,
De Soehn süng ünnen, de Vadder baben,
Se würden beid den Herrgott laben,
Un de Gemeinde slöt sick an, –
So wieder, Friedrich Klickermann! –
Fru Dürten wier 't mit einenmal,
As löp ehr 't kolt den Puckel dal.

Noch mal de junge Paster süng,
Ehre sei Gott! tau'n Häben klüng,
Un Klickermann füng an tau spälen,
Un ut de välen Minschenkählen
Steeg de Gesang von Öllers her:
Allein Gott in der Höh sei Ehr!

Dürtenmudder wier ganz leeg tau Sinn,
Stier keek se in 't Gesangbauk rin,
Se ded, as wenn se läsen müßt,
Obgliek se alls ut 'n Kopp doch wüßt,
Tauhöchten kieken künn se nich,
Ehr wier, as würd s' den swinnelig,
Se bäwerte, ehr Händ'n de flögen,
Se wagte kum, ein Og' tau rögen, –
Ehr wier so, as wenn all de Reigen,
De Minschen all nah ehr blot seegen.
Ehr Greten, de keek fri ümher,
Ded stolt, dat se sien Swester wier, –
Ja, kiekt man all un stöt't jug an,
Hier sitt ick, Grete Klickermann!

De Gottesdienst wier wieder gahn,
Noch mal harr Friedrich baben stahn,
De Hauptgesang wier an de Reig,
Ok de verklüng – un Friedrich steeg
De Kanzel rup. He blädte still,
Denn stünn he dor, ganz isern Will.

He sprök. Tauierst wier he wat lies,
Doch bald fünn he de rechte Wies',
He harr dat Evangelium nahmen:
Laat't all de Kinner tau mi kamen,
Stöt't se nich trügg, ehr hürt de Häben,
Ehr will dat Paradies ick gäben!
Dat wier ein Text, den jeder künn,
Wo jederein den Sinn verstünn,
Un denn, wo mök he 't jeden klor,
Wo slicht un einfach sprök he dor,
He kloppte an ehr Hart in 'n Bussen,
He wier jo mit ehr up hier wussen,
He wüßt, wat se för Sorgen harren, –
Se müßten as de Kinner warden!
He föt ehr sachten an de Hand
Un wieste ehr ein lewlich Land
Un gew ehr Trost för all ehr Sorgen, –
Eins brök he an, de harrlich Morgen,
Denn wier vergäten Plag' un Pien,
Denn würd blot Freud un Fräden sien!

Up 't richtig Flag harr he ehr drapen.
Sünß harr so männigeiner slapen,
Wier 't gor tau hoch för sienen Sinn,
Denn nickte he so sachten in, –
Hüt oewer kem nich ein dortau,
He leet ehr gor kein Rast un Rauh,

Dat würd ehr so nah'n Harten drängen,
Se würden an sien Lippen hängen,
Se seeten dor mit folgte Händen,
Un as de Prädigt wier tau End'n,
Hoch Aten halten s' all tausamen,
So wier ehr noch nich einer kamen.

Sien Vadder seet up 't Örgelkur
Un horkte nipp, de Hand an 't Uhr,
Dat jo kein Wurt em von entgüng,
Wat von de Kanzel runnerklüng.
Wier dat sien Jung, de dit all sprök,
As't noch kein Paster bäder mök?
Tauhöchten steeg in em ein Janken, –
Sien'n Herrgott up de Knei tau danken.

Un Dürten ierst! Könnt ji 't woll ahnen?
Se weinte still ehr Freudentranen,
Ein einzig Mal ded se dat wagen,
De Ogen nah em ruptauslagen,
Rasch oewer keek se wedder dal,
Ehr schöt dat in mit einenmal,
He künn sien Mudder weinen seihn,
Un denn wier 't üm sien Rauh gescheihn,
Denn blew ehr Jung dor baben hacken
Un stünn un künn nich wiedersnacken, –
Still seet se dor un wrüng de Händ'n,
De Jung, de fünn ok gor kein End'n, –
Dor – – he säd: Amen! – – Gott sei dank!

Nu kem denn noch de Slußgesang,
Noch einmal würd de Paster singen
Un Low un Dank den Herrgott bringen,
Denn würd de Sägen von em spraken, –

De Frugens würden 'n Knix all maken, –
De Kark wier ut. Ein stilles Bäden, –
Un alls verleet de hillig Städen.

Nich alls. De letzt wier Klickermann,
He leet se all ierst rutergahn,
Un as he ganz alleinen wier,
Gew sienen Herrgott he de Ihr,
In seinen Harten würd 't sick rögen,
Vör 't Altor würd de Knei he bögen
Un folgt' de Händ'n und dankte heit,
Dat Gott em dit erläben leet,
An hillig Städ' harr Friedrich stahn,
Wat wier sien Wurt tau Harten gahn!
De gröttste Freud in seinen Läben
Harr em diss' Sünndagmorgen gäben, –
„Ick dank di, Gott, ut Hartensgrund'n
För disse hoge hillig Stund'n!"

He güng un würd de Kark afsluten.
Sien Fru un Kinner lurten buten.
He seeg nu, dat noch väle Fründen
Bi Friederich un Dürten stünden
Un swögten: Ne, dat harrn s' nich dacht,
Se ahnten sick dat halwwegs sacht,
Doch so harr noch nich einer spraken, –
Dit süll he bald mal wedder maken!

Se rädten mal mit „Du" em an,
Denn „Herr Pastor", – „Herr Klickermann",
So güng dat ümmer hen un her,
Dat 't nich mihr antauhüren wier.
Un Friedrich, de stürte blot:
„Ja, ja, ick weit, ji meint dat gaud,

Ich freu mi! Hett dat jug gefollen,
Kann 'ck jo noch mal 'ne Prädigt hollen, –
Nu oewer laat 't mi blot taufräden,
Ick hew hüt morgen naug von 't Räden!"
Nu kem sien Vadder nah em ran,
Mit soväl Stolt keek de em an,
So fast würd he de Hand em drücken
Und säd kein Wurt un würd blot nicken, –
He wüßt, dat Friedrich em verstünn,
Mihr, as mit Wür he seggen künn.

„Jä, Kinder, dann laßt uns man gehen,
Ich möchte etwas Leiblichs sehen,
Ich hab' heut morgen nichts gegessen
Und nüchtern auf den Chor gesessen,
Indem, daß etwas in mir steckte
Und mir das Frühstück noch nicht schmeckte,
Jetzt aber meldet sich der Magen, –
Wir wollen denn adjö man sagen!"
Dor wiern s' denn ok mit inverstahn
Un Kösters würd nah 't Schaulhus gahn.

Hier wier nu Dürten gliek taugang'n,
Denn dorup lurte se all lang'n,
Knapp wier se rinner in de Dör,
Harr s' ok de Koekenschört all vör
Un in de Koek würd s' rümmerkramen,
Un Greten müßt tau Hülp ehr kamen,
Hüt süll dat mal an nix nich fählen, –
Ehr Heinrich künn woll Örgel spälen,
Ok Friedrich mök sien Sak hüt morgen, –
För 'n Middagsdisch wull se mal sorgen,
Ok Stahls harr se tau Middag laden.
Nu würd 't ein Snuddern un ein Braden,

Dat ganze Hus, dat rök dornah, –
Laat't Dürten man, jejajija!

Un in den Goren up un dal
Güng Klickermann un Willem Stahl
Un twischen ehr güng Friederich.
„Mein lieber Jung, was freu ich mich!
Soviel als ich davon versteh, –
Wenn ich die Predigt recht beseh,
So war sie sehr gut aufgebaut.
Du hast den Text Dir angeschaut
Un hast darüber nachgedacht
Und hast drei Teile aus gemacht
Und hast die einzeln durchgenommen
Und bist zum guten Schluß gekommen.
Nun sei ihm aber, wie ihm sei,
Bei Dir war noch ein Haken bei:
Du sprachst nicht mit dem Mund allein,
Du legtest da Dein Herz hinein,
Und darauf kömmt 's vor allem an,
Das ist 's, was nicht ein jeder kann."

„Ja, Friederich", säd Willem Stahl,
„Dat is nu oewer ganz egal,
Ick sweiß 'ne Aß' för jeden Wagen,
Ick will dat wildste Pierd beslagen,
Ick dauh mien Dingen in de Smäd', –
Dodhaugen kannst mi up de Städ',
Süll ick 'ne Prädigt farig maken,
As Du se von de Kanzel spraken,
Tau disse Saken bün 'ck tau dumm!"

„Mein Sohn, das macht das Studium.
Und andrerseits kann ich Dir sagen,

Ein Paster kann kein Pferd beschlagen,
Ein jeder zieht an seinem Strang,
Und ist auch nötig, Gottseidank, –
Na, Friederich, hab' ich nicht Recht?"

De harr bether kein Wurt tau seggt,
He mücht dat nich, dat s' von em spröken
Un ümmertau so 'n Wäswark möken, –
„Nu laat't doch blot dit Räden sien,
Kiekt lewer in den Sünnenschien,
Den würd de Herrgott uns besorgen,
Wat ist 't för 'n schönen Sünndagsmorgen!"

„Ja, Friederich, das ist auch wahr,
Der Himmel ist so rein und klar,
Es ist die reine Poesie!"

„Up so 'n Gedanken kam ick nie",
Meint' Willem Stahl, „Ick denk mi blot,
Dit Wäder is tau 'n Inführn gaud, –
Wat helpt dit Swögen alltausamen – –"

„Ji söllt tau 'n Äten rinnerkamen",
Röp Greten an de Gorenpurt,
„Wi hemm up jug all ümmer lurt!"
„Na, denn man zu", säd Klickermann,
„Sehn wir uns mal die Prosa an!" –

O, harr dat Dürten prächtig makt!
Se harr 'ne schöne Fleischsupp kakt,
Twei grote Hahnen harr se smort,
Un ok de Bodder nicht an sport,
Un schöne Sauß un Gurkens' lat, –
Wat haugten s' in, wat wier 't 'nen Staat!

Und denn dat Best, – ein Buddel Wien,
Hüt süll 't mal wat Apartes sien!

Un Dürten säd tau Friederich:
„Ick weit nich, Jung, Du ettst jo nich,
So 'n bäten Fleisch? wat sall dit denn – –"
Un läd 'ne ganze Bost em hen,
„Nu äten S' doch – –" se fohrt' tauhöcht,
Binah harr s' äben – Herr Paster seggt.

„Nun faßt mal all die Gläser an, –
Auf Friedrichs Wohl!" röp Klickermann,
„Ne", säd de Jung, „dat ward 't nich gäben, –
Uns' Öllernhus, dat laat wie läben!"
Se stödden an, de Gläs', se klüngen, – – –
Gedanken kemen, Gedanken güngen. –

De Nahmiddag würd rasch vergahn.
Ierst kem de Schult noch antaustahn,
He wull man seggen, so as so,
De Dörpschaft freute sick dortau,
Wat Friederich hüt morgen spräken,
Dor in de Kark un disse Saken,
Heil prächtig harr ehr dat gefollen,
Se deden all wat von em hollen,
Un harrn se dat vörher so wüßt,
Harr he hier Paster warden müßt.

„Jä, Vadder Schult", säd Friederich,
„Dat is tau laat, dat geiht nu nich."

„Nein", kreeg ok Klickermann dat Lachen,
„Das wolln wir lieber doch nicht machen,
Da käm vor allem in die Quer',

Indem, daß ich sein Vater wär'
Und andrerseits er mein Pastor, –
Es fehlte der Respekt davor."

„Ja", meint' de Schult un würd sick grienen,
„De Sak würd doch wat brenzlich schienen,
Na, Friederich, kannt 't nich gescheihn,
Denn hest Du doch den Willen seihn!"

Nahst würd dat noch 'ne schöne Stund'n.
In 'n Goren seeten s' in de Rund'n,
Un würd vertellt und kloehnt un snackt.
Dürtenmudder harr Pottkauken backt
Un Kaffe kakt, dreilötschen gor,
Nu harr se Tied, nu nehm se 't wohr
Un seet bi ehren Friederich.
Doch as dat müßt, so wier dat nich,
Dat güng jo doch me' Läw' nich gaud!
He eet jo nix, vier Stücken blot
Harr sick ehr Jung tau'n Kaffe nahmen,
He müßt jo up 'n Hund bi kamen,
Lütt Heiner Stahl eet jo all mihr,
Wo krüsch ehr Jung mit einmal wier!
För em blot harr se Kauken bakt,
Em harr s' giern alls up 'n Teller packt,
Un wenn dor nix nich oewerblew, –
„Ät doch, mien Soehn, – dauh 't mi tau Lew!
Du denkst blot an Dien Pasteri,
Dien Prädigt hest jo achter Di,
Nu büst du wedder Friederich! –
Wenn du nich ettst, denn smeckt Di 't nich!"

„O Mudder, snack! Wat rädst Du blot,
Alls, wat Du backst, dat smeckt ok gaud,

Ick hew noch gor kein'n Hunger hatt,
Ick bün noch von hüt middag satt!"

„Quäl ihn doch nicht", säd Klickermann,
„Wenn er doch nicht mehr lassen kann,
Er langt von ganz alleinen hin!"

„Denn pack ick 't in 'ne Schachtel in
Un Du nimmst't mit, – nu segg kein Wurt!
Wennihr mötst Du hüt abend furt?"

„Jä, in 'ne Stund'n hew ich so dacht,
Sünß ward för mi dat midden Nacht,
So bün ich henne twölwen dor, –
Hüt abend is 't schön stiernenklor."

Denn wieder spräken s' hen und her,
Woans de Utsicht för em wier,
Dat he 'ne säker Brotstäd' harr.
Ja, meinte he, dor wier 'ne Parr,
He dörfte noch nich oewer spräken,
Dor künn he tämlich fast up räken,
Dat he in korte Tied de kreeg,
De leeg hier ganz dicht in de Neeg.

„Das freut mich sehr, mein lieber Sohn,
Ich sehe Dich als Pastor schon."
Sien Mudder oewer hett so käken,
Se müchte in sien Hut nich stäken. –

Un so kem denn de Stund'n ok ran.
Adschüs! säd Friedrich Klickermann,
„Leb wohl, mein Sohn, mein Friederich,
Das Küsterhaus ist stolz auf Dich!"

Sien Mudder wull noch bäten snacken
Un würd em tutig ünnerhacken,
„Ick bring Di noch ’n End’ lang dal.“

„Ok ick kam mit“, säd Grete Stahl,
„Ick hew noch allerhand tau fragen, –“
Und so würd denn ut ’t Schaulhus tagen.

Un ünnerwägs füng Grete an:
„Nu segg mal, Friedrich Klickermann,
Wenn einer Paster warden deiht
Und denn so ganz alleinen steiht,
Dat sall nich gaud sien, hew ick hürt, –
Hett dat lütt Hart noch gornix spürt?
Du harrst mit Willem mi tau Narren,
Hüt will ick Di mal wedder tarren!“

Ehr Mudder steek ganz rod sick an, –
„Dat Greten dat nich laten kann!
Wat möt Dien Brauder dorvon denken, –
Wist em de letzte Stund’n noch kränken?“

„O latt ehr doch, ick kenn jo Greten,
Dorför kriggt se nu nix tau weiten,
Di will ick lies in ’t Uhr wat seggen, –“
Un würd den Arm üm Muddern leggen, –
„Ick krieg de Parr nich blot allein,
Ick kreeg dor ok mien – Brut tau seihn,
Das ist ’ne lütte Pasterdiern,
Du Mudding, de hew ’ck gor tau giern,
Un se is ok mit inverstahn,
Un ward denn alls nah Hapen gahn, –
Dat nächst Mal, sast blot mal seihn,
Denn kümmt dien Jung nich mihr allein!“

„Mien schöne Jung, wo freut mit dit,
Vergät 't ok nich un bring se mit!"

„Un ick will nix mihr von Di weiten,
Ick bün Di bös nu", multe Greten,
Denn oewer künn se 't doch nich laten,
Ehrn Friedrichbrauder umtaufaten,
Un in de Ogen keek s' em rin:
„Ick weit 't – ick krieg 'ne Swiegerin!" –

De Sünnensünndag güng tau End'n.
Noch einmal würd mit weike Händ'n
Dat ganze Dörp he oewerstraken,
Denn würd he up den Weg sick maken,
Trök in de Wieden, still un sacht,
Un ruppersteeg de Sommernacht,
In Maanschien leeg dat mäude Land.

Vör 't Schaulhus seeten Hand in Hand
De beiden Kösterlüd allein
Un leeten ehr Gedanken teihn.
„Ich denke eben drüber nach,
Heut war für mich ein Sonnentag,
Mein viele Jahre langes Hoffen, –
Heut ist es endlich eingetroffen,
Was ich erstrebt ein langes Leben,
Heut hat 's der Herrgott mir gegeben,
Bist Du nicht auch von Herzen froh?"

„Ach Heinerich, mi is hüt so,
Als harrn wi väl tau väl all krägen,
As müßten wie ok Leid mal drägen

Un soans uns dat Glück verdeinen, –
Ick künn hüt abend ümmer weinen,
Mi is up eins dat Hart so swier,
As wenn dor wat in Antog wier,
Na, wat denn kümmt, – dat ward denn dragen!“

„Ne, mien lütt Diern, hüt mötst nich klagen,
Uns’ Herrgott ward uns nich verlaten, –“
Denn kreeg he s’ bi den Kopp tau faten
Un keek ehr in de Ogen rinner, –
Up einmal harrn s’ sick as de Kinner,
As Brudlüd stellten se sick an, –
Nu kiek blot Vadder Klickermann, –
He küßte er, – worüm ok nich!
„Mien Dürten Du!“ – – „Mien Heinerich!“

Harwsttied

Sühst du, wo an hogen Häben
Lange Toeg' von Kraunen swäben,
Wo se Drang tau'n Trecken kriegen?
Hürst du, wo se runnerschriegen:
Kirijik! up Wedderseihn!
Hen nah Süden wie all teihn,
Sommertieden sünd vörbi,
Sünn un Sommer säuken wi, –
Kirijik! de Harwst is dor,
Wedderseihn taukamen Johr!
Kirijik!

Still bliwt stahn de Wannersmann,
Kickt den langen Tog sick an, –
Schürrt den Kopp – up Wedderseihn?
Ritt soväl de Harwst vonein,
Männigein hett Awschied nahmen
Un is nie nich wedderkamen! –

Nu dat Feld is kahl un leer,
Dat eins stünn vull Sägen swier,
Un tau Fack sünd Hock un Garben,
Slickt dörch 't Land dat grote Starben

Un ein Schuddern makt sick breit,
Wo eins Pracht un Herrlichkeit.
All, wat swack un mullsch un mür,
Denkt an Dod un atent swier,
Denn he Harwst kennt kein Erbarmen,
Rast un tast mit dusend Armen,
Wat nich fast, ritt he taugrund'n,
Kriescht dorbi mit lachen Mund'n:
Ick regier! Mi hürt de Welt!
Fri de Rüm un frie dat Feld!
Hu-i-i! ick kam mit Storm un Rägen,
Gäw de Ir den letzten Sägen,
Wat vull Däg', dat laat ick stahn,
Doch wat quient, sall ünnergahn!
Hu-i-i!

Harwsttied is nu rusig Wäder.
Gälbunt farben sick de Bläder,
Gläuhn noch einmal fürigrot,
Is de Angst all vör den Dod,
Ahnen dat woll alltausamen,
Dat ehr letzte Stund'n is kamen,
Fäuhlen sick so mäud un matt,
't durt nich lang'n – un Blatt för Blatt
Küselt sachten up de Ir,
Hemm denn läwt un sünd nich mihr,
Slapen all denn ein bi ein,
Bet ehr jagt de Wind vonein.

Midden twischen Slap un Drom
Bläuht 'ne einsam Ackerblaum,
Denkt woll an den Sünnenschien,
As dat würd noch Sommer sien,
As de lütten Voegel süngen,

Käwers bi ehr rümmersprüngen,
All so läwig un so flink, –
Denkt woll an den Smetterling,
De ehr körtens harr besöcht
Un ehr soväl Grüs' mitbröcht, –
Alls verklungen, alls vergahn!
Mag nich so verlaten stahn,
Üm ehr rüm güng alls tau Rauh,
Makt nu ok de Ogen tau, –
Wier ein Rägendruppen dat
Oder weint dat Blaumenblatt?

Grage Wulken, deep un swier,
Jöggt de Harwstwind vör sick her,
Tranen weint de bleike Häben,
Dat so gornix oewerbläben,
Wat vör korte Tied noch bläuhte,
Wat up Irden glummt' und gläuhte,
Blaumen drög un gräune Bläder, –
Harwsttied is 't un rusig Wäder. –

Grot Weh un Klagen treckt oewer de Welt.
De Harwststorm fägt oewer 't kahle Feld,
He mücht dor wat griepen un mücht dor wat faten,
So recht sien Wut doran uttaulaten,
Doch so he nix findt, wat in 'n Weg em steiht
Un fri oewer de Rüm sien Aten geiht,
Grippt he in de Stoppeln, de frostig stahn,
Se stieren vull Truer den Häben an,
Doch wat he ok tuhlt un wat he ok ritt
Un Rägenschuer in 't Gesicht ehr smitt,
 He kann se woll bögen, man blot nich knicken,

Se dükern sick dal – un nicken – un nicken
Un kläben un klammern sick fast an de Ir
Un grinsen em an: Kannst nich noch mihr?
Wi hollen di topp, wie lachen di ut! –
Dor kriescht he lud up vör Gall un Wut
Un fägt mit Hulen oewer Feld un Plan,
Bet hinnen an den Brook, wo de Wieden stahn,
As dodige Stumpen ahn Twieg' un Bläder,
As Posten verlaten bi Wind un Wäder, –
Ehr will he dat wiesen, ehr will he nu dwingen,
Mit Krieschen und Krachen tau Fall se bringen,
Un rast an ehr rüm un roest an den Rump
Un dükert und drückt se dal in den Sump
Un kriggt sienen Willen – un de Wied', se knickt, –
Dor jucht he vör Hoegen, dat sien Wark em glückt,
Un jichert un jiewert un hult as de Hunn'n,
Wier 't ok man 'ne Wied', he kreeg se taugrund'n.

Ein Vagel seet still in de Wied' verstäken,
As de nu mit Krachen würd runnerbräken,
Dunn flüggt he in Ängsten un burrt un söcht,
Wo ein säker Flag he woll finden möcht, –
Dor hinnen dat Holt, wo de Bäuken stahn,
Dor sträwt he hentau, wat fleigen he kann,
Dor wier woll 'ne Städ', wo säker he wier.
De Storm oewer gliek mit Hui! achterher,
Wat Flüchten un Flünken, hett hüt keinen Däg', –
Dunn stahn em mit 'n Mal de Bäuken in 'n Wäg', –
Ja, olmige Wieden is Kinnerspill,
Hier kann he nich toben, as he dat woll will,
He stoppt un hölt sienen Aten an,
Dat he sick ierst richtig verpußen kann, –
Un in den Rund'n is 't dodenstill.

Denn oewer breckt he von Niegen los,
Mit Hulen un Hoegen, mit Grimm un Gebos',
Un ritt an den Twieg' un tuhlt in de Kronen,
As wull he kein einzig Blatt nich schonen,
Un de Bläder fleigen in de Wirr ümher,
doch ihrer se fallen un sacken tau Ir,
Kriggt he se tau faten, dit paßt em tauhöcht
Un wäuhlt in dat Loow un smitt dat tauhöcht
Un krüselt dat rümmer mit dusend Händen, –
Dat woeltert un warbelt ahn Anfang un End'n, –
Un kennt sick wohl sülwst nich vör Wähldaag' un Wut–
Un fägt denn mit Hui! ut dat Holt herut.

Dor liggt vör em dat friege Feld
Un nix sick mihr tauweddern stellt,
In Bangen dückert sick de Rund'n.
Wat wull dat Dörp dor in den Grund'n?
Dat Dörp süll ut den Weg em gahn! –
Up 'n Sprung ward he all wedder stahn, –
De will ick wiesen, wat ick kann!

Up dusend Flünken fägt he ran,
Den Stoff, de up de Landstrat liggt,
Smitt he dat Dörp piel in 't Gesicht
Un jucht dorbi, dat is sien Smack!
Denn störkt he sick up 't Karkendack,
De Wäderhahn in Angst sick dreiht, –
Wo sall ick hen? – he kriescht un kreiht, –
Doch wieder is de Storm all flagen,
Nah 't Schaulhus is he roewertagen,
Nu will he dor sien Knäp bedrieben,
He kloppt an Lad' un Finsterschieben,
He fägt üm 't Hus un hult un söcht, –
Up einmal hett sien Wut sick leggt,

Dat is, as harr em einer mött,
Ein grötter Kraft taurügg em stött:
Hier is din Will und Wark tau End'n,
Up dit Hus legg ick sülwst mien Händ'n.
Dit 's mien Rebeit, mien Recht geiht vör! –
He seeg, de Dod stünn vör de Dör,
Mit einen Faut all up den Süll.

In 'n Kösterhus' wier 't dodenstill.
Wenn ok de Stuw vull Minschen wier,
Se güngen all so schu ümher,
Se spröken lies, wier kum tau hüren,
As wulln se einen de Rauh nich stüren.
Von wecken wier de Räd' denn dor?

Vör 't Finster seet in witten Hoor
De olle Vadder Klickermann.
Nu bün ick an de soebentig ran
Un dreiunsößtig is mien Fru,
Kein Öller nich – un wo is 't nu?
He würd in 't Toben ruterseihn,
Ok dor brök männig Bu vonein,
In Ahnmacht krümmte sick de Ir,
So wund un weh, as 't buten wier,
So ingeschüchtert vör de Wut,
See 't ok in sienen Harten ut.
Dor wir ein Nagen un ein Wäuhlen
Un keiner künn dat Brennen käuhlen, –
He müßt dat drägen as ein Mann.

Sien Gretendirn güng nah em ran, –
Se harr dat seihn, wo 't in em freet,
Wo he de Tranen sick verbeet,
Se würd sick bi em runnerlaten

Un würd sien beiden Händen faten
Un drückte se – und weinte still.
„Lew Vadding, dat is Herrgotts Will!
Du hest doch sülwst uns ümmer seggt,
As he dat mök, so wier dat recht.“

„Mein Kind, das stimmt, er meint es gut,
Ich wußte bloß nicht, wie es tut,
Wenn uns das Liebste will verlassen, –
Ich kann das all noch garnicht fassen, – –
„Kein Hülp – kein Hülp! wo is dat swier!
Ja, wenn dat nich uns' Mudder wier!“

Wat säd he dor? Wat wier dit blot!
In 'n Kösterhus' blew einer dod?
Wier Klickermann denn ganz von Sinnen, –
För Dürten wier kein Hülp tau finden?
Wo wier denn Dürten Klickermann?

Dor in de Kamer näbenan,
Dor leeg se still mit folgte Händ'n. –
Un langsam güng 't mit ehr tau End'n.
Nu slöp se grad, se wier so matt,
Wo lang'n harr se kein'n Slap mihr hatt,
Ehr Aten güng so sacht un äben, –
Se harren ehr poor Druppens gäben.

Wo rasch harr dat mit Dürten gahn!
Harr ümmer woll un wählig stahn,
In Hus un Goren wiederbugt
Un sick vör gor kein Arbeit schugt, –
Up einmal füng se an tau quienen.
Mitünner wull 't denn wedder schienen,
As wenn dat all so slimm nich wier,

Se nehm dat sülwst ok gornich swier, –
Denn oewer wier s' tausamenbraken.
Ehr Mann harr mit den Dokter spraken,
De kem un harr ehr ünnersöcht
Un harr ok Medezin mitbröcht,
Man blot, an Hülp wier nich tau denken.
He würd ehrn Mann rein'n Wien inschenken:
Se wier verbrukt, de Kräft wiern all,
Un wenn 't denn Unglück wäsen sall,
Se kreeg noch Water in de Bein,
Ein Jammer wier 't mit antauseihn.

Dat wieren swiere Wäken west.
De Nahwern bröchten all dat Best,
De ein wüßt dit, de anner dat,
Doch harr se ok mal Lindrung hatt,
De Kräft wiern ümmer mihr verfollen,
Dat End'n wier nich mihr uptauhollen.

Un nu wier 't dor. De letzten Daag'
Wier ehr dat Läben sülwst tau Plaag',
Up einmal kreeg se 't mit dat Bäden,
Würd Dag un Nacht in Fewer räden,
Vertellte von ehr jungen Johr,
Von Maientied un Lockenhoor,
Denn wedder röp s' ehr Görn mit Namen:
Friedrich sall kamen! – Friedrich sall kamen!
Un würd doch keinen Minschen kennen,
Hüt künn man 't seihn, dat güng tau End'n.

Vör 't Finster seet noch Klickermann,
Sien Friederich güng nah em ran, –
He wier mit Fru un Kinner dor.
Ja, wiern vergahn an elben Johr,

Dat in de Kark he prädigt harr,
Nu harr he sülwst all längst 'ne Parr, –
Un Grete sprök mit Willem Stahlen,
He süll ehr Kinner roewerhalen,
Ehr wier mit einmal so tau Sinn,
As slöp noch hüt ehr Mudder in.

Nu würd 't sick in de Kamer rögen,
Un dörch de Ritz würd Greten ögen, –
„Se wakt – – se hett de Ogen apen, –
Na, Mudding, hest nu bäten slapen?"
De Hoor würd s' ut 't Gesicht ehr strieken,
Doch Dürten würd so eigen kieken,
De Ogen würden anners sien,
De strahlten in so 'n hellen Schien, –
„Mien Greten – raup de annern rinner –
Raup Vaddern – un raup all mien Kinner –
Un spaud Di ok, ick möt mi ielen,
Ick dörf hier nich so lang'n mihr wielen – –"

De Annern kemen rintaugahn,
Se harren up de Lur all stahn,
Un Dürten winkte: Kamt bet ran!
Denn keek s' sick jeden enzelt an,
Recht lang 'n un deep, mit soväl Lew,
Dat wier dat Letzte, wat se gew.

„Wat hew ick äben prächtig slapen, –
Mi wier, – as stünn de Häben apen, –
Ick seeg ein wunnerschönes Land, –
Un einer winkte mit de Hand, – –
Un säd, ick süll doch rinnerkamen
Un Dürten röp he mi bi Namen,
Un wier so schön un fierlich, –

Ne, säd ick, ne, dat kann ick nich! – –
Dat wier von mi ’ne grote Sünd’n,
Mien Mann un Kinner sünd noch ünnen, –
De möt ick doch – adschüß noch seggen, –“
De Hand würd s’ vör de Ogen leggen,
Ehr Kinner süllen dat nich seihn,
Dat nu ehr kranke Mudder wein’,
Se hüng jo ümmer noch an ’t Läben,
Wo giern wier se noch bäten bläben.

„Mien lewe Fru“, säd Klickermann,
„Räd nich soväl, dat strengt Di an,
Dat ward jo all noch wedder bäder,
Sast seihn, wenn ierst dat Frühjohrswäder – –“

„Glöwt mi dat doch, de Drom ist wohr!
Ick hew jo ’t seihn, ick stünn jo dor!
- - - - - - - - - - - - - - - - - - - -
Mien Gretendiern, nu gah mal swinn –
Un hal mi bäten Water rin –
Un rein’n Dauk bring ok mal her.“
Un as dit all tau Städ denn wier,
Nehm se dat Dauk un mök dat natt,
Un ganz penibel mök se dat,
Un wüsch sick af den kollen Sweit
Un wat ehr up de Lippen seet,
Denn röp se ehren Friedrich ran.

„Mein Soehn, nu kiek Dien Mudder an, –
Ick segg tau Di nich Herr Pastor,
Hüt sitt man blot – mien Friedrich dor, –
Du büst mien Kind – – ick dörf’t doch seggen, –
Sast nahst mien Händ’n tausamenleggen,
Du weitst mit ’n Herrgott doch Bescheid,
Dat he mi nich verstöten deiht!“

„Mien Mudder, künn Dien Leid ick drägen!
Giw Du mi Dienen Muddersägen – –“
He sackte up de Knei un wein’, –
Se küßte em – – „Up Wedderseihn!“

- - - - - - - - - - - - - - - - - - - -

„Mien anner Kind! Kumm her, mien Greten,
Du wardst am allerbesten weiten, –
Wierst mien Vertog – – un hest’t verdeint, –
Hest ’t ümmer gaud – mit Muddern meint –
Stah Vaddern bi – wenn ’ck nich mihr bün –“
Denn oewer se nich wieder künn,
’n langen Kuß würd se ehr gäben,
Dat wier de letzt’ in dissen Läben.

Un wedder reet se sick tausamen,
Un Friederich sien Fru müßt kamen,
Un nahher röp se Willem Stahlen
Un denn leet s’ sick de Kinner halen
Un jeden harr se wat tau seggen,
Würd jeden warm an ’t Hart dat leggen,
Wo schön Verdrag un Fräden wier,
Un säd adschüß un küßte ehr.
„Un nu gaht rut – – blot einer nich, –
Mien Mann bliwt hier – mien Heinerich!“

- - - - - - - - - - - - - - - - - - - -

De beiden Ollen wiern allein,
Deep würden s’ sick in de Ogen seihn,
Un denn füng Dürten an tau spräken,
Ganz lies – mitünner blew se stäken – –
„Lew Mann – – in disse letzte Stund’n –
Dank ick noch mal – ut Hartensgrund’n –
För all dat Gauds – wat Du mi gäben –
Du wirst mien – Best in’n ganzen Läben!“

„Wat rädst Du Kind!“ –
„Ne, Klickermann,
Du büst mi still – – Du hürst mi an – –“
In ’t Küssen würd se runnersacken,
Dat greep ehr an, dat väle Snacken.

„Weitst woll noch – as bi ’n Busch wie stünden? –
As sick uns beiden – Harten fünden? –
Un denn hest Du as – Fru mi nahmen –
Un nahsten sünd uns’ – Kinner kamen –
Un ümmer wieder – hemm wi sträwt, – –
För Di un ehr hew ick blot läwt – – –
Un dit sall ick nu all verlaten? –
Ne, Heinerich, Du mötst Di faten, –
Du weitst, – wo giern ick bläben wier, – –
Mak mi dat Scheiden – nich so swier, –
Mien lewe Mann – mien Heinerich! – –“

„Mien gaude Dürt, verlaat mi nich,
Wat sall ick woll ahn Di hier maken? –“
Un küßte ehr un ded ehr straken.

Se oewer kreeg dat Fantesieren,
Von Pott vull Melk un Stickelbieren
Un von Latinsch un Friederich, –
Ne, Paster warden wull se nich!
Un ümmer lieser würd se spräken, –
Nu wier ’t, as blew ehr Aten stäken – –

Wat mak ick blot! dacht Klickermann,
Mit wirre Ogen keek he s’ an, –
„Du Dürten – mak Dien Ogen apen, –
Dat is nich gaud – Du dörfst nich slapen!“
He schürrte ehr, he rew ehr Händ’n,

He wier in Angst, dat güng tau End'n, –
Dor wök se up, ehr Og' wier klor.

„Mien Heinerich, de Stund'n is dor – –
Läw woll, lew Mann, – – ick bäd för Di –
Mak baben all – Quartier för Di!"

Se sackte trügg – ehr Hart blew stahn –
Se harr den letzten Aten dahn.

De Händen wrüng oll Klickermann,
He keek sien Fru mit Grugen an, –
„Kamt rin!" he würd sien Kinner raupen,
De kemen störkens rintaulopen, –
Dor würden s' vör ehr Mudder stahn,
Man, de wier äben von ihr gahn,
Würd nu von Leiden nix mihr weiten.

„Mien Mudding! – Mudding!" schriete Greten,
Vör 't Bedd würd up de Knei se sacken
Un strakte ehr de bleiken Backen
Un küßte ehr de welken Händ'n –
Mit Mudderlew harr 't nu ein End'n.
Un näben ehr stünn Friederich,
He schämte sick sien Tranen nich,
De Händen folgte he tau 'n Bäden:
- - - - - - - - - - - - - - - - - - - -
„Du beste Mudder, slap in Fräden!
Un gäw Di Gott de ewig Rauh – –"
Un drückte ehr de Ogen tau.

T'ens Fäuten stünn oll Klickermann,
Keek ganz verbaast sien Kinner an,
Seeg in den Rund'n wirr ümher,

As wenn he ganz von Sinnen wier,
He künn de Sak noch gornich faten –
Harr em sien Dürten doch verlaten?

„Mien Gretendiern – – mien Friederich!“
Ehr olle Vadder brök tausamen, –
„Dat Best up Irden is mi nahmen –
Mien Fru – –“
He weinte bitterlich.

Iernste un narrsche Tieden

Poor Johre wier ’t all wedder her,
Sietdem dat Dürten graben wier,
De Tied wier sachten wiedergahn.
Dat Schaulhus würd noch ümmer stahn,
Ok Klickermann gew wieder Stunden,
Harr mit de Tied sick rinnerfunden,
Dorgegen wier jo nix tau maken.
Tauierst wier he ganz runnerbraken,
wo oft wier he nah ’n Karkhof gahn
Un harr an ’t Graw von Dürten stahn,
Un männig heite Tran wier flaten
Üm sienen trugen Läbensmaaten,
He künn em einmal nich vergäten.
Denn harr he sick tausamenräten,
Sien Pastersoehn harr mit em spraken,
So dürft he dat nich wieder maken,
Dit Rümmergrüweln harr kein Diegen,
Dat würd em sünß noch ünnerkriegen,
He müßt in ’t Läben wedder rinner,
He harr doch ok sien groten Kinner
Un künn doch däglich bi ehr kamen.
Un Greten harr ’t sick oewernahmen,
Se wull dat Hus em farig maken

Un wull em giern dat Äten kaken,
Am allerlewsten seeg se dat,
Se harr em gänzlich bi sick hatt,
He harr sien läwlang warkt un dahn,
He künn up 't Ollendeil doch gahn.
Doch dor kem s' schön bi Vadder an:

„Das wär das Letzt“, säd Klickermann,
„Wenn ich bloß rümmersitzen tu,
Dann hätte ich erst recht kein Ruh,
Nein, in der Arbeit muß ich bleiben,
Das wird das Grübeln mir vertreiben.
Du hilfst mir in der Wirtschaft hier
Und essen tu ich dann bei Dir,
So wird 's bei kleinen woll vergehn, –
Und Mutter wird mich doch verstehn.“

So würd 't denn makt, un Klickermann
Füng wedder frisch tau warken an
Und würd 't sick suer warden laten
Un güng in 'n Dörp von Hus tau Katen
Un hülp de Lüd mit Rat un Dad,
Un wier em nie 'ne Stund'n tau laat,
All müchten s' em, bi jedermann
Güll he as „Vadder Klickermann“.

So dacht' sien Daag' he tau besluten.
Wat quälte em de Welt dor buten,
He mök sien Dingen, slicht un äben, –
Un doch süll he noch wat beläben,
Ein Unheil, wat in 'n Stillen brödd,
Ein Storm, de alls tauschanden stödd.

De Krieg brök ut. Up Stadt un Land
Sien Lüchten smeet de Füerbrand,

Un doch kein Bangen nich un Zagen,
De Harten würden heiter slagen,
In disse hoge hillig Stund'n
Harr Fründ un Fiend sick wedderfunden.
Wat achter Plaug un Haken güng,
Wat in de Smäd den Hamer swüng,
De junge Burß, de Landwiehrsmann,
Alls trök den bunten Rock sick an,
In Jung un Olt ein heite Drang, –
Un ruter güng 't mit Sing un Sang.

Uns' Dörp harr ok sien Dingen dahn,
So männig Soehn wier rutergahn,
so männig Mann harr Afschied nahmen
Un wüßt nich, würd he wedderkamen.
Ok Willem Stahl harr einen stellt,
Friwillig trök sien Öllst in 't Feld,
Sien Tweite wier ganz wroegelig,
He wier tau jung, he künn noch nich,
He tröste sick, de Krieg höl an,
Blot ein poor Johr, denn wier he ran, –
„Großvadder", säd he tau den Ollen,
„Du mötst för mi den Dumen hollen."

„Nein, so was hätt' ich nie gedacht,
Nach wem woll bloß der Junge schlacht,
Wenn alle Leute so gesonnen,
Dann haben wir den Krieg gewonnen."
Un Klickermann, de würd em straken
Un säd, so süll he wiedermaken.

Doch bald darup, dunn kem dat Leid,
Un männigein in Tranen seet,
Ein wier vermißt, de anner follen,

Ein Jammern würd dat bi de Ollen,
Un männig Fru, de seet un wein',
Nu wier se mit ehr Görn allein,
Un würd von Sieg un Slachten schräben,
Ein ut 'n Dörp wier säker bläben.

Sien Warken kreeg nu Klickermann,
He kennte se von jung up an,
He wüßte Trost ehr intausnacken,
He würd för ehr Pakete packen,
He schrew ehr Brew, he güng ümher
Un frög, wat ehr Verlangen wier,
Wier ein in Sorg un seet up Kahlen,
Bi em würd de denn Rat sick halen.

Doch ümmer länger wohrte dat,
Un väle würden zag un matt,
Dat End'n wier gornich aftauseihn
Un Dütschland stünn jo ganz allein
Un Fiende würden ümmer mihr,
De Last nich mihr tau drägen wier.

Denn kreeg he s' bi de Ihr tau faten,
Se sülln den Kopp nich hängen laten,
Se wüßten doch von Goliath,
De Ries' harr soväl Kräfte hatt,
Un denn wier de lütt David kamen
Un harr sick blot sien Sleuder nahmen,
Un bautz! dor leeg he an de Ir,
De grote Kierl, so lang he wier,
So würd he ehr de Laag' beschrieben,
Blot eins, se müßten einig blieben.

Un denn dröp em de harte Slag.
Dat wier an einen Sommerdag,

Dunn fohrt' de Blitz up 't Schaulhus dal, –
In Flandern föl sien Hinnerk Stahl,
Sien Enkelkind. Sien arme Greten,
Sien Swiegersoehn würdn 't noch nich weiten,
Dat wier för em 'ne swiere Stund'n,
Se hürten dat ut sienen Mund'n.
He tröste ehr: „Ji hewt em krägen,
Gott röp em trügg – ji möt 't dat drägen! –
Er weiß allein, wann unsere Zeit,
Gelobt sein Nam' in Ewigkeit!"
Un noch de Krieg kein End'n nehm,
Dat Späuk güng üm, de Hunger kem,
Un böse Kräfte wiern an 't Wark,
De freten heimlich an dat Mark, –
Un denn up einmal wier dat kamen, –
Dat grote Dütschland brök tausamen.

Oll Klickermann'n wier tau Sinn,
As föl mit 'n Mal de Häben in,
Un as 't noch wieder üm sick freet,
As alle Tucht ut'nanner reet
Un nix as willen Kram würd dräben, –
Tau'n iersten Mal in sienen Läben,
Vergeet de Bädklock he tau lürren,
He seet un würd den Kopp blot schürren.

„Na, denn man zu! So bleibt man bei, –
Es sei ihm aber wie ihm sei,
Habt euch man wie die Hottentotten,
Der alte Gott läßt sich nicht spotten,
Und reißt ihr seinen Altar nieder, –
Ihr kommt ihm von alleinen wieder!"

De böse Krieg wier nu tau End'n.
In Dütschland rögten sick de Händ'n
Un oewerall wier wat in 'n Gang'n,
De Kriegers würdig tau empfangen,
Un Dörp un Städer, grot un lütt,
All möken s' dissen Trubel mit.

Ok in uns' Dörp wier hüt so 'n Läben,
As süll 't ne großte Austköst gäben.
Dat wier ein Schürn in Hus und Katen,
Dat wier ein Läben up de Straten,
Un Gräuns würd halt un Blaumen snäden,
Denn Fräden wier jo wedder, Fräden!
Weck bünden Kräns' ut Dannentwieg',
Weck rümten up, weck harkten Stieg',
Un oewerall in Krüz un Quier,
Wo dat man jichtens anbröcht wier,
Von Hus tau Hus, an Ställ un Schünen,
Dor würden se Girlanden tühnen,
Dat ganze Dörp wier up de Bein,
Un wier 'ne Lust mitantauseihn.
Denn gistern wier dat Order kamen,
As morgen süllen alltausamen
De Lüd, de in den Krieg wiern tagen
Un harren dor de Slachten slagen
Un läwten noch un wiern nich follen,
In 't Dörp nu wedder Intog hollen.
Alls freute sick up dissen Dag,
Un wier in 't ganze Dörp kein Flag,
Wo nich weck stünden un von spröken
Un alls tau'n Intog farig möken.

Ok in de Schaulstuw harrt sien Wäsen,
Doch nich mit Schrieben un mit Läsen,

Ne, sungen würd, – un Klickermann
Würd baben up 't Kantheder stahn
Un an den Kopp höl he de Fiedel
Un wier ganz weg in sien Gegniedel,
Denn würd he mit den Fiedelbagen
Den Takt von baben runnerslagen,
Denn halt' he ut mit beide Arm, –
Un wier ein fürchterlichen Larm,
Un bi dat Fiedeln un dat Schriegen
Künn einer de Kolik bi kriegen.

„Nein, Kinder, nein", säd Klickermann,
„Nun kann ich nicht mehr gegen an!
Ich spiele g und ihr sing cis, –
Glaubt ihr, daß das harmonisch is?
Die Stimme macht es nicht allein,
Es muß auch ziemlich richtig sein,
Dies ist nicht so als ich es möchte!
Und immer geht das in die Höchte, –
Da paßt doch auf und hört doch zu,
Woans den Ton ich spielen tu!
Und immer sag ich, nicht so schrein!
Dies Lied will ganz piano sein,
Ihr schreit, als ständ' das Haus in Flammen,
Ihr singt 'ne schöne Naht zusammen!

Wir wollen unsre Krieger ehren,
Doch wenn sie diesen Singsang hören,
Wenn wir sie morgen so empfangen,
Dann wird mir heut schon angst und bang'n,
Das kann ich euch schon heute sagen:
Es kommt ihr Zittern an und Zagen,
Sie kämpften draußen bis ans Grab, –
Dies aber können sie nicht ab,

Ich bin beglaubt, sie machen kehrt
Und greifen wieder nach dem Schwert,
Und mit dem Frieden ist dann Kuchen, –
Na, wollen es noch mal versuchen!"

Un wedder füng oll Klickermann
Von vörn mit dat Gegniedel an,
Un all de Gören, grot un lütt,
De läden los un süngen mit:
O Tochter Zions, freue dich! – –
Doch antauhüren wier dat nich.

„Nein!" röp de Oll, „nun wird 's zuviel!
Hört ihr denn gar nicht, was ich spiel'?
Da lauft mir doch nicht immer weg!
Ich fiedel ja schon hinterm Steg,
So habt ihr mich schon raufgetrieben,
Dies müssen wir noch lange üben! –
Und Heinrich Moll und Ludwig Bohn,
Hör' ich noch einen falschen Ton,
Ich hab' euch beiden wohl gehört,
Ihr singt aus Bosheit nur verkehrt,
Ich hab's gesehn an eurem Lachen,
Ihr werd't euch einen Hoeg draus machen, –
Paßt bloß mal auf, wenn ich das fühle,
Daß ihr nicht aufpaßt, was ich spiele!"

„Jä, Heine", flüstert' Luten Bohn,
„Denn willn w' dat man nich wedder dauhn,
De Oll, de hett uns nu up Sicht, –
Wenn he uns nu tau hollen kriggt,
Denn ward he uns tau Hus dat bringen,
Wi willn man lewer richtig singen!"

„Dat 's eig'ntlich schad'", säd Heine Moll,
„So 'n bäten brüden mücht 'ck em woll,
Dat oewer will 'ck Di seggen, Luten,
Hett Klickermann uns morgen buten
Un is mi grad denn so tau Sinn,
Den ganzen Trödel riet 'ck em rin!"

Un wieder güng de Singeri,
Un Klickermann wier fester bi
Un slög mal Takt und würd mal fiedeln
Un würd all sweiten bi sien Gniedeln:
O Tochter Zions, freue dich! –
Doch as dat müßt', so würd dat nich.

Un Bäudner Wittsch un Bäudner Smidtsch
Un Krullsch un Bullsch un Schuldtsch un Schüttsch,
De stünden bi den Sood un kloehnten,
Un ßackerierten dor un droehnten
Un harrn jowoll 'ne Stund'n all stahn,
Un keiner dacht an 't Wiedergahn,
Un von ehr Kierls wier blot de Räd'.

„Wat freu ick mi, dat wedder Fräd',
Wat freu ick mi", säd Mudder Smidten,
„Dat w' morgen bi uns' Mannslüd sitten
Un weiten all, nu blieben s' hier,
Un is kein Krieg un Stried nich mihr,
Ick kann vör Freud mi gornich hollen,
Ick seih all ümmer mienen Ollen – – –"

„Na na!“ säd Wittsch, „man nich tau dull!
Wenn jeder nu so snacken wull!
Du büst jo mächtig noch verschaten,
Dat mötst Di gornich marken laten,
Dat sünd de Mannslüd gornich wiert!
Ick hew dor sowat munkeln hürt,
Is all nich so, as se uns schrieben,
Ne, amesiern un rümmerdrieben,
Dat is so Mod’ bi de Soldaten, –
Uns’ hemm dor ok nix anbrenn’n laten!“

„So is mien nich“, säd Mudder Smidten,
„Mien freut sick tau sien beiden Lütten
Un hett so nette Brew mi schräben,
Ne, ’n bädern Mann kann ’t gornich
gäben!“

„Töwt all ierst af!“ meint’ Mudder Bullen,
„Wi willn bet morgen uns gedullen,
Wi willn mal seihn, wo se sick maken, –
Dat richt sick nah gestalten Saken.
Vör ein Deil oewer grugt mi all:
Wo dat nahher blot warden sall!
Wi weiten doch, dat s’ alltausamen
Grad as de Ströpers wedderkamen,
Hemm Dag un Nacht in ’n Graben lägen,
Hemm ’t Tüg vorn’n Liew nich runnerkrägen,
Nich wascht un kämmt un stief vull Lüs’
Un wäuhlten ümmer as de Müs’,
Grad as de Mullworms in de Ir, –
Dat sünd jo gor kein Minschen mihr!
Un nu mit ehrn Soldatenrat, –
De hemm dat Metz gliek ümmer prat,
De slagen allens kort un klein,

Se hemm jo wieder nix nich seihn,
Paßt up, de sünd ut Rand un Band!"

„Mien Mann", meint' Smidtsch, „frett ut de Hand,
De is so tutig as so 'n Lamm,
De is so fram un is so tamm,
Ick denk noch blot an vörrig Johr,
Un Mudding hier un Mudding dor,
Den ganzen Urlaub bi mi rümmer,
So 'n bäten kluckern müßt he ümmer,
Un würd 'ck em Tüffelkauken backen,
Wat künn he denn ierst gäuding snacken,
Denn künn ick föddern, wat ick wull!"

„So is mien grad", säd Mudder Krull,
„Ganz liebsterwelt so is ok mien,
Dat möt bi ehr 'ne Krankheit sien!
Dor sünd de Kierls doch all egal,
Mit Tüffelkauken krieg'n wi s' dal,
Denn sünd s' so lütt un laben an,
Denn giwt dat gor kein'n bädern Mann,
Doch blot so lang, as se denn äten,
Nahst is dat wedder rasch vergäten!"

„Na, striedt jug nich", säd Schuldtsch un grient',
„Wenn dat tauwielen ok so schient,
Sünd s' ok mitünner gegen Strich,
Uns' Kierls sünd lang'n de Leegsten nich,
Nu willn wie man dat Mäkeln laten.
Dat wier kein Spaß bi de Soldaten,
Uns' Kierls hemm lang'n naug buten lägen
Un johrelang ehr Recht nich krägen,
Nu wulln w' ehr plägen un ehr straken

Un willn dat wedder gaud all maken.
Doch wat Du sädst, Soldatenrat –
Kümmt he mi dormit in de Flaat,
Will he mit dissen Trödel kamen,
Denn ward he as ein Stewkind nahmen,
Denn bring 'ck em höllisch up den Draw,
Dat wend 'ck em 'n iersten Abend af!
Sünß is he gaud bi mi verwohrt,
Ick hew mi Bodder oewersport,
Von 't Allerbeste kriggt mien Oll,
Ick back em 'n schönen Krintenstoll!"
As dit de annern Frugens hürn, –
„Ick möt jo ok noch Deig ansürn",
Röp Wittsch un mök sick up de Bein,
„Herrgott, de Klock is halwig ein!"

„Un ick", säd Schüttsch, „will noch tau Feld'n
Un nahsten möt 'ck noch Tüffel schellen, –
Doch mienen Kauken süllt ji seihn,
De wier as Deig all itelschön,
As Marßepan, so seeg de ut,
De raschte ut de Moll all rut,
Von 't beste Mähl hew ick ok nahmen
Un is ok Ei un All ankamen,
Un ok mien Stoll is fein geraden,
Un morgen giwt dat Hahnenbraden – –"

Blot Smidten Mudder griente sick, –
„Bi mi is alls in Reig un Schick,
Bet gistern hew ick schürt un rackt,
Hüt morgen hew ick Kauken backt
Un hew de Bedden frisch betagen,
Mien Heine sall sick nich beklagen!"

Nu würn de Annern ludhals schriegen
Un würden all dat Juchen kriegen,
Denn oewer kreegen se dat Lopen,
As harrn s' den Driwwel alltauhopen,
Un kem doch blot von, dat ehr Ollen,
Sülln morgen wedder Intog hollen, –

Un so wier denn de Morgen kamen,
Un up de Bein wiern s' alltausamen,
Un Jung un Olt und Grot und Lütt,
Wat krupen künn, dat müßte mit.
De Schult harr nochmals Order krägen
Un schickte rüm, dat henne Nägen
De Kriegers bi de Dörpscheid stünden,
Un denn würd sick dat wieder finden.
Wat wier 't ein Läben up de Strat!
De Frugens in den Sünndagsstaat,
An jeder Hand ein von de Lütten,
Dat Lüttste müßt up 'n Arm noch sitten,
Un all de Deinsten, Knecht un Diern,
De bi dat Veih nich nödig wiern,
Un Schult und Smidd un all de Annern,
De würden nah de Dörpscheid wannern,
Ok Klickermann wier up de Bein
Un mit em sien Gesangverein,
Un wier 'ne dulle Fieri,
Dat Hart in 'n Liew würd warm dorbi.

Doch an de Scheid ierst wier ein Trubel,
Un ümmer düller würd de Jubel,
As nu noch gor Muskanten kemen
Un in de Hand de Tuten nehmen

Un: heididellitschen, hest nich seihn!
Wo würd 't nu kriwweln in de Bein!
De Kinner möken Kringelkranz
Mit Ringelrangelrosendanz,
Un up den Arm de ganzen Lütten,
De wullen ok nich still mihr sitten,
De Ogen güngen: kieke – kieke!
De Finger mögen: sike – sike!
Ja, Blasmusik sall doch man gellen,
Muskanten sünd doch Baasgesellen,
Un wenn 't hier ok man kloetrig leet,
Blot ein Klaasnet un ein Trumpeet,
Nachwächter Kunkel wier de ein,
De anner Snieder Kägebein,
Dor leet sick liekers nah marschieren
Un wier ganz nüdlich antauhüren.

Un mang dat Danzen und dat Springen
Un mang dat Juchen un dat Singen
Un mang dat Jagden un dat Lopen
Würd Heine Moll mit einmal raupen,
Denn de wier up 'n Bom rupstägen
Un harr dor up de Luer lägen:
„Se kamen all – – – dor hinnern Knick, –
'ne ganze Schauw – – an twintig Stück!"
Nu würd ein Upstand un ein Larm,
As burrte los so 'n Immenswarm,
So güng 't de Mannslüd all entgegen.
Weck störkten dorbi dal un leegen
Un lachten liekers bi un juchten,
Un de nich beinig wiern, de fluchten:
Loopt doch nich so – – nähmt uns doch mit!
Blot wat de Dörpschult un de Smidd

Un uns' oll Vadder Klickermann,
De tröken sachter achteran.

As Kinner dat nu einmal können,
De würden as so 'n Wäsel rönnen,
Am iersten wiern se rannerlopen –
Un: Vadder! Vadder! würd 't ein Raupen,
Un durt' nich lang'n, dunn würdn de Lütten
Ehrn Vadder up de Schuller sitten;
Un nu wiern ok de Frugens dor
Un strakten oewer Bort un Hoor,
„Mien Krischan!" – „Lurwig" – „Heinerich!"
„Mien säute Diern! – – na, wein man nich!"
Un wier ein Drücken un ein Eiden
Un an de Backen Rümmerkleiden,
Un weck sogor, de küßten sick,
Dit wier denn doch ein dulles Stück,
Dor künn jo einer rot bi warden,
As wenn se gor kein Scham nich harren,
Un afsieds von den groten Larm
Stünn ok ein Poor, un up den Arm
Harr Vadder sienen Jung un wein',
He harr sien Kind bether nich seihn,
Un näben em sien junge Fru,
De strakte em so lew un tru:
„Mien Heinerich, wo freu ick mi,
Nu is mien Angst un Sorg vörbi!"

„Lüd", säd de Schult, „nu gaht bisied,
Tau'n Straken is nahher noch Tied!
De ganze Intog geiht in Bruddel,
Dit ward jo luter Kuddelmuddel!
De Frugenslüd mitsamts de Kinner,
 Nu makt mal Platz un gaht nah hinner,

Un laat't de Mannslüd mal taufräden,
Ick as de Schult hew ierst tau räden!"
Un kreeg dat Goernvolk bi den Kragen
Un würd se oewern Aeuwer jagen,
Denn smeet he sick in Positur
Un stünn grad as so 'n Eikbom stur:
„Ick spräk tau jug in aller Namen –
Ick as de Schult heit jug willkamen!
De Dörpschaft hett dat so beslaten,
Wi wulln uns dat nich nähmen laten
Un wulln jug wiesen, wat dat heit,
All nah Verdeinst un Würdigkeit!
Denn wo ji stündt, dor stünden ji,
Un wo ji slögt, gewünnen ji,
De olle meckelbörger Slag,
De nich väl Wäswark maken mag,
Würd ok in dissen Krieg dat wiesen,
Dat fast he steiht un wiß as Isen,
Un harrn de Annern ok so stahn,
Wiern de as ji so rannergahn,
Harr Dütschland sick tausamenräten,
Harr hier in 'n Land'n ein Bismarck säten
Un in de Hand de Toegel nahmen, –
De Sak wier denn wat anners kamen!"
Hier wier dunn tauväl utländsch Wor,
Up einmal wier de Hopphei dor!
Uns kann dor keiner Schuld an gäben,
Wi sünd oll Meckelbörger bläben!
Un wat ji denkt, dat weiten wi, –
Grad as de Ollen denken ji,
Denn ji sünd von uns' Fleisch un Blaud,
Bi Sweit un Arbeit würd't ji grot,
Un maken de dor grot Halloh,
Dor hemm wie gor kein Tied nich tau,

Vertrödelt is nu grad' all naug,
Bi uns heit 't wedder: Ran an 'n Plaug!
Hand an de Speiken, Mann för Mann,
Jungs, wiest ehr, wat de Dütsche kann!
Dütsch ward uns' Hart noch ümmer slagen,
Un so sünd w' jug entgegentagen,
Un ick, de Schult, gäw jug de Hand, –
Hurra, dat dütsche Vaderland!"

Hurra – hurra! würd 't nu ein Raupen,
Un allens wull tausamenlopen, –
„Holt!" röp de Schult, „so geiht 't nich an,
Nu kümmt ierst Köster Klickermann,
De hett dat Wurt, un swiegt mal still
Un hürt, wat de uns seggen will!"

Un uns' oll Vadder Klickermann,
De trädte vör un füng nu an:

„Geliebte Freunde – Kameraden!
Nun hat der liebe Gott in Gnaden
Euch wieder zu uns hergeführt
Un hat den bösen Krieg gestürt,
Indem, daß uns bei diesem Wrangen
Zuletzt die Pust ist ausgegangen.
Es hätte uns zwar nicht behagt,
Indeß, ein altes Sprüchwort sagt:
Wenn einer nicht mehr will und mag,
Dann ist das Klügste, er gibt nach!
Und hätten solches auch getan.
Man bloß, nun sitzen wir mit an,
Es scheint mir ganz, als sollt auf Erden
Jetzt eine böse Hopphei werden!
 Dies geht ja allens kreuz und quer,

Die Zeitungs les' ich garnicht mehr,
Die Leute tun die letzten Wochen,
Als hütt der Birsworm sie gestochen,
Da weiß nicht einer, was er will,
Es steht mir der Verstand bei still!
Zuweilen schießt es mir so ein,
Als müßt dies eine Krankheit sein – – –
Doch wie gesagt, der Krieg ist aus,
Ihr kommt zu Muttern nun nach Haus, –
Was kümmern uns die dwatschen Sachen,
Was sie da für Mafäukens machen!

Wenn ich nun König David wäre,
Denn tanzte ich wohl euch zu Ehre
Beim Klang der Cymbeln und der Geigen
Vor allem Volke einen Reigen
Und täte nach der Harfe springen
Und Psalmens euch und Psalters singen.
Indeß, die Zeiten sind nicht nach,
Will auch der Geist, das Fleisch ist
schwach,
Wir sind all klapprig in den Füßen,
Und soans will ich euch begrüßen
Mit Wort und Lied aus schlichtem Munde,
Doch kommt 's aus tiefem Herzensgrunde.

Zuvor möcht ich als Küster fragen:
Wer war es doch in alten Tagen,
Als Joseph noch und Potiphar
Und Moses in Ägypten war
Und König Pharao gebot
Und Israel in Angst und Not, –
Wer zog in Flammen vor ihr her,
Wer führte sie durch 's rote Meer?

Uns' Herrgott war 's, wir wissen 's all,
Und Moses war sein Feldmarschall.

So war es oft seit diesen Zeiten,
Wenn gar zu groß die Schwierigkeiten
Und wußt' ein Volk nicht aus noch ein,
Denn tät uns' Herrgott Führer sein!
So ist 's mit Israel gewesen, –
Ihr wißt 's woll noch vom Bibellesen, –
Auch später in der Weltgeschichte
Saß unser Hergott zu Gerichte
Im Himmelszelt und paßte auf,
Er schrieb der Völker Lebenslauf.
Auch unserm teuren Vaterland
Er oftmals treu zur Seite stand,
So auch in diesem Kriege wieder,
Und darum sag ich, lieben Brüder,
Er war die rechte Wacht am Rhein, –
Und Hindenburg tät Moses sein!

Und wenn 's uns dennoch kloetrig geht,
Wo heut der Feind im Lande steht,
Sie können nie und nimmer sagen,
Daß sie zu Boden uns geschlagen!
Wir brauchen nicht vor Scham zu weinen,
Denn mag auch trüb die Sonne scheinen,
Wo wir in Not und groß Gefahr,
Wie Sand am Meer der Feinde Schar
Und treiben heut ihr grausam Spiel, –
Zehn gegen eins, das war zuviel,
Bloß dadurch ist es ihr geglückt!
Die Übermacht hat uns erdrückt,
Durch Hunger und durch Heuchelei
Ging unser Vaterland entzwei! –

Das Kaiserreich mit seiner Macht,
Das haben sie zu Fall gebracht,
Was unser Väter Sehnen war,
Das liegt heut auf der Totenbahr,
Und leider, leider! muß ich sagen,
Wir haben selbst zu beigetragen,
Was alle Welt nicht fertig kriegte,
Das machten wir uns selbst zunichte!
Das Schlimmste aber, lieben Leute,
Vieltausend Deutsche gibt es heute,
Die prahlen noch, was sie gemacht,
Die stolz drauf sind, was sie vollbracht,
Und haben sich und tun sich dick, –
Es kommt für sie der Augenblick,
Es kommt für sie einst Zeit und Stunde,
Wo sie voll Scham im Herzensgrunde,
Wenn sie erst sehn, daß rings im Lande
Sich alles krümmt vor Schimpf und Schande,
Voll Reue an die Brust sich schlagen,
Dann wird ihr das Gewissen sagen:
Auch du warst von dem Wahn besessen
Und hast das Vaterland vergessen,
Auch du, auch du warst mit dabei,
Als man mit Hohn und Wutgeschrei
Die stolze deutsche Eiche fällte,
Bis daß am Boden sie zerschellte!
Die heute all den Mund voll nehmen, –
Sie werden sich noch einmal schämen! –

Doch wollen nicht den Mut verlieren,
Wir wollen heut nicht lamentieren,
Für alle Zeiten steht 's geschrieben:
Die Sieger sind wir doch geblieben,
Ein Volk mit solchem Geist versehn,

Kann nie und nimmer untergehn,
Der Kern ist gut, es wird sich zeigen,
Wir werden wieder aufwärts steigen! –
Wenn unsereins all schlafen tut,
Dann wird aus unserm Fleisch und Blut
Ein neu Geschlecht in Deutschland leben,
Ein Schwert wird ihm der Herrgott geben,
Aus Not und Elend ist 's getrieben
Und „Rache" steht darauf geschrieben,
Dann wird an diesem Feind gerochen,
Was er an Deutschland heut verbrochen! –

Auch ihr aus meckelburger Landen
Habt wacker euren Mann gestanden,
Ich kenn' euch schon als kleine Knaben
Und täte manchen Ärger haben, –
Na, ist ja schon so lange her!
Drum freut es mich heut umsomehr,
Daß ihr in dieser schlimmen Zeit
Zu Helden gar geworden seid!

Wir sind um euch in Angst gewesen,
Wenn in der Zeitung stand zu lesen,
Daß wieder mal der Donner rollte
Und daß man euch zu Leibe wollte,
Daß muß ja ganz entsetzlich sein!
Da fliegen denn die Arm' und Bein',
Da hilft kein Laufen und kein Bücken,
Die Häuser schießen sie in Stücken,
Und männigeiner bleibt bei tot,
Und keiner denkt an 's fünft' Gebot, –
Das habt ihr all mit durchgemacht,
Ihr habt gekämpft in heißer Schlacht,
Ihr habt im Graben rumgelungert,

Ihr habt gedürstet, habt gehungert,
Ihr habt gerungen früh und spat,
Daß kein' das Land betreten hat, –
Das danken heut an allen Orten
Wir Alten euch mit schlichten Worten!
So nehmt auch unsern Dank entgegen,
Der Herr sei mit euch, Heil und Segen!
Denn nun ist ja der Krieg zu Ende,
Nun reicht uns eure treuen Hände,
Laßt euch in eure Augen schauen, –
Seht eure Kinder – eure Frauen – – –
Wir wissen Bess'res nich zu geben – –
Und – – – Vivat hoch! sie sollen leben!"

Ja, he röp hoch, de künn nich mihr,
Em würd mit 'n Mal dat Spräken swier,
He seeg de Frugens stahn in Tranen,
De Kinner müchten 't ok woll ahnen,
Un ierst de Kriegers, hart as Isen,
So würdn se ein Gesicht upwiesen,
Wiern in Gedanken in de Wieden
Und dachten woll an böse Tieden.

Man blot de Jungs, de würden schriegen,
Nu würdn 't ok de Muskanten kriegen,
Un: Tätaretä! wiehr ehr Signal,
Un: Tätaretä! un noch einmal,
Un würd 'n groten Jubel warden,
Dat se in 'n Dörp so 'n Helden harren.
De ollen Kriegers oewer stünden
Un künnen keinen Klauk in finden
Un keeken sick verlägen an,
Wat mök ok all oll Klickermann!

De oewer kreeg dat mit dat Plinken
Un mit dat Wiesen un dat Winken
Un röp de Görn all in sieg Neeg,
De Singeri wier an de Reig.

„Nu hürt mal her“, säd Heine Moll,
„Ick bün de Gröttst, dat weit ji woll, –
Wenn einer nu bihacken bliwt,
Wenn einer nu kein Mäuh sick giwt
Un wedder losboelkt as verdull,
Kriggt nahst von mi sien Ledder vull!“

Ja, Heine Moll harr sick besunnen,
He harr dat fäuhlt in disse Stunden,
Väl dumme Streiche harr he dräben,
Hüt wull he sick mal anners gäben.

Un Klickermann, de halte ut, –
Un ut de Harten klüng dat rut,
Ein Jubel wier 't, so fierlich,
„O Tochter Zions, freue dich!“
So harrn de Görn noch nie nich sungen,
As süngen se mit Engelstungen,
So klockenrein wier jede Lut,
Dat kem jo ut 'n Harten rut,
Un wo de Sang am swönnsten wier,
Dor ded grad Heine Moll sick vör,
He oewersüng de Annern all,
Dat klüng, as süng 'ne Nachtigall,
Dat sülwst oll Klickermann dor stünn
Un keinen Vers sick maken künn.

„Nun kuck mal diesen Schlingel an,
Was der mit einmal singen kann.

Hätt' nie gedacht, daß an dem Knaben
Ich würde jemals Freude haben, –
Na, wenn ich in der Schule bin,
Dich stell' ich als ein Beispiel hin!"

As so de Görn ehr Dingen dahn,
Dunn künn de Intog vör sick gahn.
Se stellten sick in Reigen up,
De Schult vöran, Musik vörup,
Un rechts de Frugens, links de Kinner,
So hackten se ehren Vadder ünner,
Un de Trumpet, de stünn ehr bi,
Un vörwarts güng dat in 't Quartier:
Heine Lüth, Heine Lüth is Untroffzier – – –!

Wat oewer würdn de Kriegers ögen,
As se in 't Dörp ierst rinnertögen,
Mit all dat Gräuns un all de Fahnen, –
Dit künn jo keiner von ehr ahnen,
Dat soväl Lews, as se hüt seihn,
Üm ehretwägen blot gescheihn.
Dat Beste oewer kem nu noch,
Hen nah den Kraug marschiert' de Tog,
Un in den Saal stünn Disch an Disch,
Dor gew dat Braden, Wien und Fisch,
Hüt wulln se all mal wauker läben,
Dit wull dat Dörp tau 'n Besten gäben. –
De Nahmiddag wier so vergahn.
De Maan würd all an 'n Häben stahn,
Un ümmer wiern noch Kriegers dor.
Hüt nehmen se dat richtig wohr,
Hüt keek nich einer nah de Klocken.
De Frugens harrn sick all vertrocken,
Hüt wulln se dat ehr Kierls verlöben, –

Blot sülln se nich tau lang'n ok töben,
Un sülwst oll Vadder Klickermann,
De seet noch wiß un höl mit an
Un harr sien Dauhn mit Krischan Krachten
Un würd em fragen nah de Slachten
Un nah dat Handgranatensmieten,
Nah Walachei un Dolomiten, –
„Woans es zum Exemplum wäre
Da unten an dem schwarzen Meere,
Ob er in diesen fremden Landen
Die Leute alle hätt' verstanden."

„Ach ja, ganz gaud!" grient' Krischan Kracht,
„Ick harr so 'n dägten eiken Schacht,
Wenn denn de Lüd so bi mi stünden
Un se dat nich begrießen künnen,
Denn kreeg ick mienen Schacht tau faten
Un würd em bäten swunksen laten,
Se süllen blot dit Spillwark seihn,
Verstahn hett mi denn jedwerein,
Ierst wiern se dow, wer weit wo dull,
Denn wüßt gliek jeder, wat ick wull!"

„Haha!" säd Klickermann un lacht',
„Verstehe schon, mein lieber Kracht,
Doch diese Sprache, sozusagen,
Ist mehr – Gedankenübertragen!"

Un Heine Moll un Fiete Schütt
Un Krischan Kracht und Tete Smidt,
Korl Beggerow un Luten Bohn, –
Wat harrn de achtern Tun tau dauhn?
Jä, – Heine Moll harr ein Zigarr,
De he in 'n Saal sick utspannt harr,
Dor wulln se all mal eins up smöken,

Un wiern nu fester bi un tröken,
Dat ehr de Ogen oewergüngen
Un weck all an tau spucken füngen,
Un wier ein fürchterlich Gewäs'.

„Ick kann all ollich dörch de Näs', –
Nu paßt mal up, nu kiekt mal tau!" –
Un würklich künn Korl Beggerow.

„Nu holl mal up", säd Heine Moll,
„So ümmertau, dat müchtst Du woll!
Hest Du denn all twei Büxen an?
Nu laat ick keinen wedder ran,
Dat 's mien Zigarr!" un nehm s' em af
Un mök ierst sülwst 'n lütten Paff,
Denn steek he in de Büx de Knoewel,
Un nehmen 't ok de Annern oewel
Un wenn se ok Sperenzen möken, –
Den Stummel wull he sülben smöken,
He säd, he wull nah Hus nu gahn,
Un leet sien Kameraden stahn, –
Dor stünden s' all mit lange Snut, –
De Freud' wier west, – dat Fest wier ut. –

De Maan würd up de Dörpstrat schienen
Un würd so fründlich runnergrienen,
Un wier doch gornix mihr tau seihn,
Wier doch kein Minsch mihr up de Bein,
Nachtwächter Kunkel blot wier buten
Un würd sien Stunden runnertuten, –
Wo schulte he denn ümmer hen,
De olle Mann, wat wull he denn?
Jä, männigein würd noch nich slapen,
Dor wiern noch väle Ogen apen,

Würd noch vertellt an väle Städen,
Wo schön de Intog, schön de Fräden,
Un wier ein Flüstern un ein Straken, –
De Maan wull winke – winke! maken!

Wenn Klickermann de Tieding kreeg
Un dor so 'n bäten rinnerseeg
Un würd 'nen lütten Strämel läsen,
Denn kreeg he 't ollich mit so 'n Gräsen –
„Nein, Kinder, nein, – was sind 's für Sachen,
Wär 's nicht so ernst, ich könnte lachen.
So was hat's woll noch nie gegeben!"
Un doch süll he noch wat beläben,
Sien eigen Schaul, de wull nich mihr.
Dat wier so'n Muscheln hen un her,
Mit einmal gew 't ein grot Halloh, –
Un dat güng ganz verdeuwelt tau:

De Klock wier acht. – Herr Klickermann
Kem in sien Klass herintaugahn
Un as he up 't Kantheder steeg
Un up sien Kinner runnerseeg, –
Tauhöchtenfohrt wiern blot de Lütten,
De Groten oewer bleben sitten.

„Nanun? – Was sind denn das für Sachen?
Soll ich euch erst mal Beine machen?
Wollt ihr euch Lümmels nicht erheben
Und mir die Ehr und Achtung geben?"

Doch ne, – de Oll keek ganz verstürt,
 De Jungs, de harrn dat dütlich hürt

Un liekers wiern se wroegelig
Un gnurrten: ne, se wullen nich!

„Na“, säd de Oll, „dies ist nicht ohne,
Euch steckt wohl etwas in der Krone?
Ich hab’ in meinen langen Jahren
So was von Frechheit nicht erfahren,
So was ist noch nicht dagewesen, –
Euch werd’ ich die Leviten lesen,
Die Nucken will ich euch vertreiben,
Da werd’ ich euch ein „p“ vorschreiben, –
Denn kommt mal raus, ihr großen Knaben,
Ich möcht’ euch bischen näher haben.“

„Dat will w’ ierst seihn“, röp Heine Moll,
„Von wägen raus, dat müchten S’ woll,
Dat hett sick dreiht hier up de Ir,
Upstahn is west, dat giwt nich mihr!
De ganze Welt makt Rewolutschon,
Dat willn wi ok mal bäten dauhn,
Un in de Tieding steiht dat schräben
Wie könn’n uns sülwst Gesetzen gäben,
Un dor sünd w’ äben grad mit prat, –
Un so as ick bün Schäulerrat.“

„Nein, was Du sagst!“ säd Klickermann,
„Was aus ’n Menschen werden kann!
Der sonst vor Faulheit stinken tat,
Ist Nummro eins im Schülerrat?
So muß ’s auch sein, na, denn man zu, –
Und mit Verlaub, was wünschest Du?“

„Wi willn tauierst“, kreiht’ Krischan Swank, –
„Holt Mul“, röp Luten Bohn dormang,

„Büst Du denn wählt? wist Du mal swiegen?
Sünß kannst mal licht an 't Mul weck kriegen, –
Herr Klickermann", säd Luten Bohn,
„Wi willn Se nix tau Leiden dauhn,
Se bruken nich in Angst tau läben,
Ick ward Se 'n lütten Utwies gäben,
Un süll Se einer denn wat seggen,
Se bruken den' blot vörtauleggen,
De Ünnerschrift up mienen Schien
Is grad so gaud as Noske sien,
Doch so, as Se de Schaul afhollen,
Hett uns all lang'n nich mihr gefollen,
von wägen „raus", dat is vörbi,
Dat hett sick dreiht, hüt räden wi!
Se sünd tau olt för disse Tied,
Von Se kümmt all de Larm un Stried,
Un wenn Se dat so wiederdrieben,
Denn könn'n Se nich mihr Köster blieben,
Dat is nu einmal as ick segg, –
De Schäulerrat, de jagt Se weg!"

„O", säd de Oll, „was muß ich hören!
Wer soll dann Katechismus lehren?
Wem denkt ihr dieses aufzubürden? –
Jagt mich doch nicht aus Amt und Würden,
Bedenkt doch meine alten Tage, –
Und um Vergebung, wenn ich frage,
Wer denkt von euch noch weiter so?"

Tauhöchten sprüng Korl Beggerow.
„Ick holl dat mit de Rewolutschon,
Nu is 't vörbi mit Reli'on,
Von Sprüche willn wi nix mihr weiten,
Dat laat wie uns nicht länger heiten,

Un mit de fien un graben Fragen,
Dor kann de Deuwel sick mit plagen,
Wat bruken wie noch Huspostillen, –
Wie können glöben, wat wi willen!“

„Ist auch nicht schlecht“, säd Klickermann,
„Wenn man sich solches sparen kann, –
Ich für mein Part hätt' nichts dagegen,
Ich tät' es ja nur euretwegen,
Damit euch nicht für Herz und Seele
Das wahre Brot des Lebens fehle.
Nun pfeift ihr auf das Seelenheil?
Uns' Herrgott kommt auf's Altenteil?
Kein Reli'on? – – das wird ja heiter,
Doch weiter, lieben Kinder, weiter!“

Un Heine Moll, de trädte vör,
Wiel he doch so de Öbbelst wier
Un müßt doch för de annern spräken, –
„Un denn mit dit entfamtig Räken, –
Dor ward addiert un subtrahiert,
Un is 't denn rut, – denn is 't verkiehrt!
Wi willn dorbi nich länger sweiten,
Se sölln blot fragen, wat wie weiten!
Un kann dat ein nich ruterkriegen,
De hett dat Recht, denn still tau swiegen,
Un wenn ein anner Jung dat weit
Un seggt uns lies dorvon Bescheid
Un fuschert uns 'nen Zettel tau,
As gistern bi Korl Beggerow,
Dat gelt den Köster gornix an,
Dat 's rieklich naug, wenn ein dat kann,
Dat seggen nich de Jungs allein,
Dor stimm'n de Dierns mit oewerein.“

„Wat föllt Di in“, säd Line Snur,
„Kiek, wat he lüggt, is gornich wohr, –
Kein Wurt, so wohr as ick hier stah, –
Seggst dat noch mal, denn segg ’ck Di nah!“

Den ollen Vadder Klickermann
Kem midderwiel dat Hoegen an.
„Ja, Heinerich, nun ist mir klar,
Wie sehr ich auf dem Holzweg war,
Mit Finsterheit war ich umhüllet,
Mit Blindheit war mein Geist erfüllet,
Und ganz zerknirscht gesteh ich ein,
Du tätest eine Leuchte sein!
Mit diesem Muster aller Knaben
Muß mich der Herr gesegnet haben!
Doch weiter, Kinder, fahret fort,
Ich höre gern ein kluges Wort, – –“
Un keek dorbi up Fiete Schütten.

„Wi hemm kein Lust mihr nahtausitten!
Un wenn wi mal eins Schulen lopen –
Un bind’n de Dierns de Zöpp tauhopen, –
Un ’s abends mit de Dierns uns drapen,
Un ’s morgens mal de Tied verslapen,
Un wenn wi Voegelnester söken
Un wenn w’ mal Zigaretten smöken, – –
De Köster hett uns nix tau seggen,
Dor willn wi uns grad gegenleggen,
Dat hett de Schäulerrat beslaten, –
Wi sünd von hüt an – Sozikraten!“

Un alls wier nu ut Rand un Band,
Se harren jo de Oewerhand,
Un würden up de Dische haugen,

De Lütten kreegen all dat Paugen,
Bet Klickermann den Reitstock kreeg,
Un nu de Larm mit einmal sweeg.

„Jä, Kinder“, griente Klickermann,
„Das hört sich all ganz nüdlich an
Und wäre quasi auch ganz nett,
Wenn es nicht einen Haken hätt.
An ein Teil habt ihr nicht gedacht, —
Ich hätt’ hier einen schönen Schacht,
So lang’n ich den noch rögen kann,
Ist Schülerrat – Herr Klickermann!
Und will auch einen Rat euch geben,
Den merkt euch mal für’s ganze Leben:
So drad so ’n Laban zu mir käme,
Indem, daß er sich unternähme
Und träte vor mit diesen Sachen
Und wollte mir Sperenzen machen, –
So unnaud als ich strafen tu,
Ich habe keinen Trieb mehr zu,
Und wenn in meinem sanften Sinn
Ich sonst mehr für das Zarte bin, –
Doch diesem Lümmel würd’ ich ’s zeigen:
Ich würde vom Katheder steigen,
Ergriffe ihn als Opferlamm
Und zöge ihm die Hosen stramm
Und würd ihn vorne runterducken,
Und würd’ mir in die Finger spucken,
Und würde eine Ladung kriegen
Und nahsten aus der Klasse fliegen
Und sollt’ sich scheuern, auf und nieder,

Und käme nie und nimmer wieder, –
Der maßen würd’ ich ihn verneihden,

Das sollte gründlich ihm verleiden, –
Süh soans würde es gemacht
Vermöge diesen schönen Schacht!

Und nun steht auf! – mal wieder runter,
Das war zu träg' – man bischen munter!
Und noch mal hoch – und noch einmal –"
De ganze Klass' hoppst up un dal, –
„Und nun beginnt de Reli'on,
Karl Beggerow, mein lieber Sohn,
Dir tut es ja vor allem not, –
Sag mal, wie heißt das – viert Gebot?"

Un Klickermann stünn mit den Schacht
Un hett so recht venynsch bi lacht,
Un Korl? – ierst schult' he in de Rund'n,
He hett sick oewer fix besunnen,
Sien Lex, de würd he runnerbäden,
He wüßt, sünß wier sien Paß tausnäden,
Un musingstill hett jeder säten, –
De Schülerrat, de wier vergäten.

In 'n Dörp hett 't bald sick rümmerspraken
Un würd de Lüd väl Hoegen maken
Un männigeiner hett sick lacht,
„Vermöge einen schönen Schacht!
Dit gaud' Rezept", meint Vadder Diehn,
„Würd ok noch annern deinlich sien!"

Wintertied

De Harwst bröcht nich blot Weh un Wunden,
He harr ok mal sien gauden Stunden,
Un harr he gistern towt un braken,
Hüt künn ein gladd Gesicht he maken.

He harr sick Pierd un Wagen nahmen
Un wier mit Körw un Kiepen kamen
Un packte in un sackte in
Un drög de Schün un Keller rin,
Wat an den Bom he riepen leet,
Wat an de Räw vull Druben seet,
Wat ut den Bülten ruterquüll,
Wat oewerall in Hüll un Füll
De Mudder Ir so rieklich drög,
Wat an ehr Bost eins satt sick sög
Un nu up lurte, dat ein' kem
Un all den Sägen mit sick nehm.
Un as he dormit farig wier,
Kreeg he sick sienen Ränzel her
Un packte in sien Soebensaken,
't würd Tied, sick up de Reis' tau maken,
Denn in de Luft, dor leeg so wat,
He harr all daaglang Rieten hatt,

Noch eins würd he sien Turen kriegen,
As würd 't in em tauhöchtenstiegen,
Denn tröck he af, sien Stund'n wier kamen, –
Ein anner harr de Toegel nahmen. –

Mit wille Wut, in vulle Wiehr
Brök oewer Nacht von Norden her
De witte König in dat Land
Un mök sick breid un läd sien Hand
Up Holt un Feld, up Bäk un Diek,
Em hürte nu dat wiede Riek,
Ein knorrig Eikbom, stünn he dor,
Vull Ruhriep hüngen Bort und Hoor,
Un wenn he dörch de Land'n tög,
In'n Wind sien witte Mantel flög,
Un wo he güng mit harten Schritt,
Dor tröken sien Trabanten mit.

He winkte blot – dunn kem de Frost
Un läd as Riep sick up de Bost
Un Puls un Hartslag stünden still,
He winkt' noch mal – un snieden Küll
Würd up de Rüm sick runnerlaten,
Benehm de Blaum den letztzen Aten,
Se krallte sick an Busch un Bom,
De Vagel schürrte sick in 'n Drom,
De Bäk, de sünß so läwig wier,
Würd starr un still un löp nich mihr
Un würd tau Is, – un rings de Rund'n,
As wier's mit dusend Käden bund'n,
De schudderte in sick tausamen,
As wier de letzte Kraft ehr nahmen,
Ein Drömen würd dat wied un sied,
Ein Slapengahn för lange Tied.

As ded den Winter sülwst dat leed, –
De Ir drög noch ehr Sommerkleid, –
As würd em jammern all dit Weh,
Winkt' he noch mal, un weike Snei
Föl lies un sachten up de Ir,
Nu spürte se de Küll nich mihr,
'ne warme Slapdeck harr se krägen,
De künn s' den ganzen Winter drägen,
Nu künn se drömen wäkenlang
Von Blaumenduft un Vagelsang,
Künn slapen, bet de Dag anbrök,
Wo 't Frühjohr in de Landen trök,
Wo wedder mal dörch junges Läben
De olle König würd verdräben,
Un se tau itel Lust un Freuden
Künn wedder denn von niegen bläuhden. –

Ok an den Minschen trädt dat ran,
Ok em breckt eins sien Winter an.
Sien Frühjohrstied is bald verflagen,
Rasch is sien Sommer wiedertagen,
He markt dat gornich, Johr för Johr, –
Up einmal is de Harwst all dor,
Un ihrer he sick recht versüht,
't kann morgen sien, viellicht all hüt, –
Is 't Winter all – de winkt em tau:
Ick bün dat End'n – ick bring de Rauh!
Trügg geiht dat nah de Mudder Ir, –
Du slöppst un drömst un sühst nix mihr!

Doch nich för ümmer is dit Flag,
Ok em kümmt eins ein Frühjohrsdag!
Wenn denn de Gräwer apenspringen,
Wenn wied un sied Posaunen klingen

Un denn ein Jubel ward – un Weinen,
So as den Lohn he würd verdeinen, –
Woll em, wenn denn tau Lust un Freuden
Em ward ein ewig Frühjohr bläuhden!

Oll Klickermann würd achtzig Johr.
De Wintersnei leeg up sien Hoor,
He güng all stümperig ümher,
Ok mit de Ogen wull 't nich mihr,
Un wier de olle Krieg nich kamen,
Harr he all lang'n den Awschied nahmen,
So oewer wier he sitten bläben.
Sien Greten harr all ümmer dräben,
He harr sien Dingen redlich dahn,
He süll up 't Ollendeil doch gahn,
He harr 't doch ihrlich sick verdeint, –
Un ok sien Paster harr dat meint,
De Dag wier hen, de Abend dor,
He harr sick quält de langen Johr,
Wull he in disse narrschen Tieden
Sick mit de Görn noch rümmerstrieden?
Dor wulln sien Kinner nix von weiten,
He süll sien letzten Daag' geneiten.

„Seh allens ein", säd Klickermann,
„Man bloß, wo werde ich es an!
Ich hab' gewirkt mein Leben lang,
Wenn ich nichts tu, dann bin ich krank,
Un würd' ich es auch garnicht sein,
Ich bild' es mir bei kleinen ein,
Und dies ist schlimmer noch viel mehr,
Als wenn man richtig leidend wär'.

Das ist ja grade, was uns treibt:
Indem, daß man im Sielen bleibt,
Sieht man sich nur die Arbeit an
Und denkt nicht an den Sensenmann,
So aber sitzt man da und lauert
Und denkt, wo lang'n es woll noch dauert, –
Kein schön Gefühl – doch muß es sein.
Ich reiche meinen Antrag ein,
Ich werde Herrn Pastoren schreiben,
Bis zum Dezember möcht' ich bleiben,
Dann hätt' ich achtzig auf dem Nacken,
Und möchte gern mein Bündel packen, –
Und nachher ziehe ich zu Greten.

Doch dorvon wull sien Soehn nix weiten, –
„Dat giwt nich, Vadder Klickermann,
Dien Jung hett ok ein Anrecht an,
Du geihst tau ehr – Du kümmst tau mi,
Wie gahn halfpart un plägen Di!" –

Dat ganze Dörp wier dorvon vull,
Dat ehr oll Köster afgahn wull,
Dat wier jo woll nich moegelich,
Ahn Klickermann'n güng 't doch nich!
Un ok de Schaulgörn wiern benaugt,
De Oll harr doch man wenig haugt,
He harr dat all so slimm nich nahmen, –
Nu süll mit 'n Mal 'n Jungen kamen?
„Wer rinnerföllt, dat weit ick woll,
Ick sitt mit an!" säd Heine Moll, –
„Mi kann he nich so väl mihr dauhn,
Gah Ostern af", säd Luten Bohn, –
„Un so as ick", säd Beggerow,
„Ick liehr em mi bilütten tau!"

Se harrn dat mächtig in de Wür,
Dat oewer nehmen s' fast sick vör,
Wenn ehr oll Köster Awschied nehm
Un wenn sien letzte Schauldag kem,
Denn süll sien Freud he noch beläben,
Denn wulln se sick mal anners gäben.

Se tuschelten – un wohrt' nich lang'n,
Dunn wier 'ne Muscheli in 'n Gang'n,
As wier wat Heimlichs in de Flaat,
As späukte rüm de Schäulerrat,
Bet de oll Köster dat denn seeg
Un einen vör 't Kantheder kreeg.

„Was hast Du wieder, Heinrich Moll!
Daß ich mich jetzt noch ärgern soll,
So kurze Zeit vor meinem Scheiden,
Mein Sohn, das mag ich garnicht leiden,
Zwei Tage noch, dann werd' ich gehen,
Und dann wird hier ein andrer stehen
Und eine neue Zeit bricht an – –"

„Das is es nich, Herr Klickermann,
Es is geheim, ich darf nichts sagen,
Und wenn Sie noch so viel mich schlagen,
Es sind auch keine schlechten Sachen,
Wir wollten Sie 'ne Freude machen,
Und morgen dürfen Sie nichts hören
Und müssen uns auch ja nicht stören, –
Die Stube hier, Herr Klickermann
Hört uns von morgen mittag an.
Sie dürfen nich durch 's Fenster sehen
Und auch nich auf der Lauer stehen,
Das müssen Sie uns fest versprechen
Und dürfen auch Ihr Wort nich brechen."

„So hat sich das?“ de Oll würd lachen,
„Was macht ihr Kinder all für Sachen, –
Es soll 'ne Überraschung sein?
Na, denn man zu, ick kuck nicht 'rein!“

Un Heine Moll mit wichtig Mien
Würd in sien richtig Fett nu sien,
Un Beggerow un Luten Bohn,
De würden ok ehr Dingen dauhn,
De ganze Klass', de trädte an,
't wier jo för Vadder Klickermann.

Un Gräuns würd halt un Kräns' ut bunden,
Ut Dannentwieg' Guirlanden wunden,
Weck sneeden Fahnen ut Papier
Un wat noch sünß tau denken wier,
Un jedereiner ded sien Best,
As würd in 'n Dörp ein grotes Fest.

As annern Dag de Schaul wier ut,
Müßt Klickermann ok furtsens rut,
De Tühneri, de füng nu an,
Mit Wagens halten se dat ran,
Un Heine Moll wier Kummandör.
„Du Luten Bohn, Du nimmst de Dör
Un dat Kantheder Willem Smidt
Un all ji anner helpen mit!“

He sülwst nehm sick de Wänden vör
Un trök Guirlanden krüz und quier,
Un würd ein Kloppen un ein Binden,
Bet ok kein Städ' mihr wier tau finden,
De se noch nich bewickelt harren,
Wo nich ein Twieg künn anbröcht warden.

Dat Beste oewer mök Korl Kracht, –
An Klickermann sien'n Hasselschacht,
De em so oft dat Fell ded garben,
Bünn he 'ne Fahn mit dütsche Farben.
Un Klickermann würd keinen stüren,
Man blot, dat Kloppen würd he hüren, –
„Sie hauen noch die Wand entzwei,
Man gut, daß hier mein Reich vorbei,
Sonst müßte Einspruch ich erheben, –
Was werd' ich morgen all erleben!" –

De grote Festdag wier nu dor,
Oll Klickermann würd achtzig Johr.
All tiedig wiern sien Kinner kamen,
Hüt wiern s' noch einmal all tausamen,
De ollen Mann de Ihr tau gäben,
Wer wüßt, wo lang'n würd he noch läben,
Wenn s' wedder sick tauhopen fünden,
Ob s' denn an sienen Sarg nich stünden.

Un Pasterfriedrich höl 'ne Räd:
Se stünden up ehr Heimatstäd',
Dit wier för ehr ein hillig Flag,
Un hüt wier ein ganz eigen Dag,
Ehrn ollen Vadder wulln se ihren,
Wulln wiesen, dat se stolt up wieren,
Dat so den Dag he fiern künn,
Wo 't ganze Dörp so tau em stünn.
De Herrgott harr tau Sied em stahn
Un wier mit em dörch 't Läben gahn,
Un mücht he gäben in sien Lew,
Dat he noch recht lang'n bi ihr blew,
All wiern se kamen – – blot fählte ein, –
De würd von 'n Häben runnerseihn, – – –

„Mien Dürten, ja – – dor hest du Recht, –
Ick hew s' hüt morgen all besöcht!"

Un würd 'ne fierliche Stund'n,
all wünschten s' Glück mit Hart un Mund'n.
„Mien lewen Vadding", säd sien Greten,
„Wie ick dat mein, dat wardst Du weiten,
Ick kann so 'n schöne Wür nich spräken,
As Friedrich ded, ich blew bi stäken –
Ick hew Di lew – – Di hür ick tau!"

„Mien Gretendiern, dat weit ick jo!" –

Klock elben füng de Schulfier an.
In swarten Rock stünn Klickermann,
Sien Ogen güngen in de Rund'n, –
Wat harrn de Görn för Kräns' em bunden,
Un gräun Guirlanden – hen un her,
As wenn dat gornich Winter wier!
Un all de Kinner, grot un lütten,
Wat würden de hüt orig sitten,
Wat keeken s' em all grienig an, –
Was seggst tau uns, Herr Klickermann?

„Das habt ihr wunderhübsch gemacht!
Wer hat sich dies all ausgedacht?
Die Materdors, die kenn' ich woll, –
Karl Beggerow und Heinrich Moll,
Auch Ludwig Bohn war mit dabei,
Damit das Kleeblatt fertig sei, –
Es freut mich sehr – ich dank' euch allen, –
Ich hab' an euch groß Wohlgefallen!"

De Paster kem, mit em Schult Diehn, –
Dat würd de Soehn von 'n Ollen sien,
Mit den de olle Paster sprök,

As Klickermann sien Prowstund'n mök, –
Un Friedrich kem mit Fru un Kinner
Un all de Stahlens kemen rinner,
De ganz Famili wier tausamen,
Un ok ut 'n Dörp wiern noch weck kamen.

Ut 'n Dörp de Paster trädte vör
Un sprök poor slichte Wür
Un säd, dat tau 'ne Fierstund'n
Sick alls hier harr tausamenfunden, –
Den Herrgott wulln se Dank ierst bringen,
Se wulln dat olle Lowleed singen:
Lobe den Herrn, den mächtigen König der Ehren!
Dat olle Leed steeg häbenan,
Blot einer sweeg, oll Klickermann.
He künn nich mit, wenn he ok wull,
Em wier dat Hart so oewervull,
Dat schöne Leed klüng em tau Ihren,
He künn sien Tranen nich mihr wiehren, –
Un as de Kinner markten dit,
Dunn sweegen s' still – un weinten mit.

De Paster sprök. Von Wintertied,
Wo Is un Snei leeg wied un sied,
Von witte Rüm – un witte Hoor,
Von Ollendeil un achtzig Johr.
Dat hier in 'n Hus' eins Frühling wier, –
Wo 't dunn woll bläuhte rings ümher!
Dat nahst in 't Hus de Sommer trök, –
Wat Lust un Lew dunn farig mök!
Un dat nahher de Harwst wier kamen
Un harr sick sienen Andeil nahmen, –
Un nu wier gor de Winter dor.

Dat Läben wohrte soebentig Johr,
Doch köstlich wier 't ierst up de Ir,
Wenn 't riek an Mäuh un Arbeit wier.
An Klickermann würd he sick wenden:
Hier harr he warkt mit Sägenshänden,
Johr'in – johr'ut, blot för ehr Kinner,
Bet in dat hoge Öller rinner
Harr redlich he sien Dingen dahn,
Nu oewer wull he von ehr gahn.
Ein Bibelwurt mücht he hüt seggen,
Dat mücht sick up de Harten leggen
Un jeder mücht nah Hus dat drägen, –
Uns' Herrgott sprök: „Ich will di sägen,
Un du sast wedder Sägen sien!" –
Diss' Sägen wier as Sünnenschien
Tiedsläbens up em runnerflaten,
Harr sick von em up Annern gaten,
Wier noch tau spürn in disse Stund'n, –
Dank wulln se segg'n ut Hartensgründ'n,
Dat em de Herr harr uterseihn
Un leet an ehr heil Grots gescheihn, –
Un bidden wulln se Gott in 'n Häben,
He mücht em 'n schönen Abend gäben,
Mücht ledden em mit Vadderhänd'n,
Bet einmal kem sien selig End'n! –

De Köster stünn in deepen Sinnen,
As söcht' he wat un künn 't nich finden –
Ein Minschenläben wier dat her,
Dat in diss' Stuw 'ne Fier wier,
As junge Minsch harr he hier stahn, –
Woans wier dat dunn vör sick gahn?
Wat harr doch noch de Paster seggt? –
Nu fünn de Wür he wedder trecht:

„Sie müssen so des Amtes walten,
Ihr Wirken muß sich so gestalten,
Daß, wenn Sie einst zur Ruhe gehn
Und Sie zurück die Pfade sehn
Und Bilder der vergangnen Zeiten
An Ihrem Aug' vorübergleiten,
Sie mit sich selber sind zufrieden, –
Das ist das größte Glück hienieden!"
Wier he taufräden mit sien Läben,
Mit allen, wat he dahn un dräben? –
Ja, wenn he trügg de Johre seeg,
Wat nu all lang'n begraben leeg,
Un kem denn bet up disse Stund'n, –
He freute sick ut Hartensgründ'n.
Doch so, as äb'n de Paster spraken, –
Müßt de so 'n Wäsen dorvon maken?
Denn recht beseihn, wat harr he dahn?

He würd nah 'n Paster rannergahn, –
„Bedank mich vielmals, Herr Pastor, –
So kommt ich mir garnicht vor,
Sie haben mich da hingestellt,
Als wäre ich ein großer Held, –
Is all nich so, – wolln uns nicht streiten,
Ich hatt' auch meine schwachen Seiten."

Nu wier de Reig an Schulten Diehn,
De würd för 't Dörp de Spräker sien.
„Poor Würd, mien lew Herr Klickermann,
Ick räd Se hüt up plattdütsch an.
Ich hew von 't Dörp den Updrag krägen
Un hett uns all an 'n Harten lägen,
As Jubelor Se tau begräuten.
 Wi seeten all tau Se Ehrn Fäuten,

In 'n ganzen Dörp is hüt woll kein,
De nich tau Se hett rupperseihn.
Ick wier mit bi, as Se hier kemen
Un in de Hand de Toegel nehmen,
Ick seih dat noch, Se stünden dor,
Ick wier so 'n Jung von halw Stieg Johr –
Un hüt bün ick 'n ollen Mann
Un seih 't mit annern Ogen an.

Wenn wi as Görn dat dunn nich wüßten,
Dat Se uns deftig nähmen müßten, –
Hüt seihn wi 't in, dat ded uns gaud,
Dat wier uns nütt as 't däglich Brot,
Se hemm uns schacht – Se hemm uns strakt,
Se hemm uns ierst tau'n Minschen makt!
Un warden hüt de Klauken seggen,
De Minsch müßt sick dorgegenleggen
Un Släg' un Schachten gew 't nich mihr,
Dat sülwst dat Gör all münnig wier, –
Dat würd 'ne schöne Hopphei warden,
Wenn wi nu keinen Schacht mihr harren,
Ick lach, wenn einer dit vertellt, –
De Schacht allein regiert die Welt!

Nu sünd Se olt un stümperig,
Un wat wi kriegen, weit' wi nich,
Doch dat segg ick in aller Namen:
Mücht grad so 'n Köster wedderkamen,
As Se dat wiern, Herr Klickermann,
Un füng kein niege Mauden an –
Vör Se brukt sick kein Liehrer schämen,
Se kann he sick tau 'n Vörbild nähmen!
Un nu, lew Fründ, nu will ick sluten – –"
Un dorbi winkte he nah buten,

Denn up de Lur stünd'n dor poor Kinner,
De släpten 'n groten Lähnstauhl rinner.
„Ick bidd Se noch, Herr Klickermann,
Nähm'n S' dissen Lähnstauhl von uns an,
Den giwt dat Dörp. Wie hemm so meint,
Se hemm em redlich sick verdeint,
Hemm lang'n naug up 't Kantheder stahn,
Nu sölln Se 'n Tiedlang sitten gahn! –
He is schön weik – probieren S' em mal!"

Un Klickermann, de sett't sick dal,
Denn oewer kreeg he 't mit dat Grienen, –
„Sehr schön!" säd he tau Vadder Diehnen,
„Man bloß, wann käme ich zur Ruh,
Ich hab' ja gar kein Zeit nicht zu, –
Indessen doch, ich nehm' ihn an,
Und wenn ich nicht mehr laufen kann,
Dann setz' ich mich ein Stündchen dal, –
Bedank' mich auch vieltausend Mal!"

Se süng'n noch eins – de Fier wier ut,
Un alls güng ut de Schaulstuw rut
De Kinner kemen enzelt ran
Un säden: „Adschüß Herr Klickermann!"
Un jeden einen säd he wat,
De meisten wiern de Ogen natt,
De allerletzt wier Heine Moll.
„Du warst ein Schlingel", säd de Oll,
„Hast manchen dummen Streich gemacht,
Ich hab' Dich dafür durchgeschacht!
In letzter Zeit hab' ich gesehn,
Du wirst doch Deinen Maaten stehn,
Nun bleib' so bei und halt Dich ran!"

 „Hier is mien Hand, Herr Klickermann!"

As denn de Letzte ruter wier,
Keek Klickermann noch eins ümher, –
Sien Amt wier ut, nu wier he fri
Un mit sien Köstern wier 't vörbi.
„Adschüß, mien Schaul!" – he güng nah buten
Würd achter sick de Klass' afsluten.

An 'n Nahmiddag würd schön noch fiert,
Noch männigein harr grateliert
Un männig gaude Fründ wier kamen.
Nahher harrn Pasters Awschied nahmen
Un Friedrich harr sien'n Vadder küßt,
Un de harr em verspräken müßt,
So drad sien Ümtog farig wier
Un alls tau Schick, denn kem he her
Un denn müßt Vadder mit em kamen.
Binah harr Greten krumm dit nahmen,
Se wier de Ierste an de Reig,
Dat se ehrn Vadder bi sick seeg, –
Un kem dor ollich bi in Hitt, –
Dat beste wier, he kem gliek mit.
„Nein, Greten, das wird nicht gemacht,
Es ist für mich die letzte Nacht, –
Ich bleibe hier – laßt mich allein, –
Und morgen werd' ich bei euch sein!"

Denn würden s' all adschüß em seggen,
Noch einmal an sien Bost sick leggen,
Se fäuhlten, wo tau Maud' em wier,
Ehrn Vadder wier dat Hart so swier,
Wo Glück un Freuden he genaten,
De Städ' süll morgen he verlaten. –

In 't Gäwelfinster keek de Maan,
He seeg 'n ollen Mann dor stahn,

De wier in'n Stüwken ganz allein
Un würd nah 'n Karkhof roewerseihn. –
Gedanken kemen – Gedanken güngen – –
Wier 't nich, as wenn de Klocken klüngen? –
Wier 't nich, as würd 'ne Hand em straken? –
Würd nich sien Kind em Grienings maken? –

Doch ne, dat wier jo all ein Drom,
Ahn Bläder stünn de Appelbom,
Un Blaum un Bläuten gew 't nich mihr,
In Is un Snei leeg rings de Ir.

Gedanken kemen – Gedanken güngen –
Von sülwst se an tau spräken füngen:
Nu is ok disse Dag vörbi –
Dat wier ein Gahn un Kamen,
Se meinten dat all gaud mit mi,
Ick glöw 't ehr alltausamen.
Väl gauden Willen hew ick seihn,
Väl Lew von allen Sieden, –
Nu sitt ick in mien Stuw allein
Un denk verläden Tieden.

Bün würklich ick all achtzig Johr?
Wo is de Tied verflagen,
As jung de Bein un brun dat Hoor
Un 't Hart so fürig slagen!
Dat Frühjohr lacht', de Sommer klüng,
De Harwst kem mit sien Starben,
De Snidder streek sien Seiß un süng:
Er sammelt ein die Garben!

Is würklich dat so lang'n all her,
Dat ick as Kind mi freute,
As ick noch spälte vör de Dör
Un noch mien Jugend bläuhte?

Mien Jugendtied – mien schönen Johr
As Mann vull Kraft un Sinnen, –
Mi is binah, as wier 't nich wohr,
Un möt mi doch in finden.

Wat mi dat Läben beiden künn,
Dat hett dat mi ok baden,
Gew mi, dat 'ck nich alleinen stünn,
'n gauden Kameraden,
Bün slicht mien Wäg' un redlich gahn,
Hew ok mal Undoeg' dräben,
Un hew ick einen Unrecht dahn,
Denn mag he 't mi vergäben!

Nu bün ick mäud un mag nich mihr
Un kann ok nix mihr röken,
Is nich mihr so, as 't früher wier,
Hew hier nix mihr tau säuken, –
Mien Tied is üm, – de Uhl, se röppt, –
De Karkhofspurt steiht apen,
Dor wo mien lewe Dürten slöppt,
Mücht an ehr Sied ick slapen!

Bün Jubelor in witte Hoor, –
Hew wieder hüt kein Janken,
As för de Lew de välen Johr
Den Herrgott still tau danken – –
De Sünn versackt – – se geiht tau Rüst –
Ick mücht as Kind hüt bäden:
Lew Gott, wenn Du mi grädig büst –
Mien Hart sehnt sick nah Fräden!

Nachwort

Rudolf Tarnow, die „Burrkäwers“ und „Köster Klickermann“ bilden eine Einheit. Wenn von dem Dichter die Rede ist, wird sogleich auch von den „Burrkäwers“ und von „Klickermann“ gesprochen. Unklar bleibt dabei allerdings, ob der Klickermann aus den bekannten und beliebten Gedichten „De schew Globus“, „De soeben Sinnen“ usw. gemeint ist, oder ob es sich um die Titel- und Hauptfigur des 1921 veröffentlichten Buches „Köster Klickermann“ handelt. Denn trotz der Namensgleichheit sind die Klickermannfiguren nicht identisch. Da ist der Klickermann der „Burrkäwers“: eine herausragende Schwankfigur, wie sie Tarnow nicht ein zweites Mal geschaffen hat, eine mecklenburgische Lehrergestalt des ausgehenden 19. Jahrhunderts, die über eine faszinierende, fast bräsigsche Komik verfügt, ein Mann, der wie Köster Suhr und Bräsig missingsch spricht, der mit den besonderen Umständen und Widrigkeiten mecklenburgischer Landschulverhältnisse fertig zu werden versucht, ein Dorfschulmeister, der durch mangelndes eigenes Wissen und fehlende Fähigkeiten als Schulmann oft genug in prekäre Situationen gerät und der Lächerlichkeit ausgesetzt wird, ohne allerdings einen nennenswerten Sympathieverlust zu erleiden. Einem Typus gleich, der auf die vertraute Weise reagiert und funktioniert, begegnet er in zahlreichen, sehr wirkungsvoll gestalteten Läuschen der „Burrkäwers“.

Der Köster Klickermann, für den es ein Urbild in Gestalt des Dorfschullehrers Runge in Wittenförden bei Schwerin gegeben haben soll, war zweifellos die literarische Lieblingsfigur Tarnows. Sie bot ihm, wie kaum eine andere Person seines Figurenensembles, die Möglichkeit, einen wichtigen Repräsentanten des mecklenburgischen Kleinbürgertums in einer größeren epischen Darstellung vorzuführen und seine eigenen, aus kleinbürgerlich-ländlichem Denken resultierenden Ideale von Arbeit, Liebe, Ehe und Familie sowie überhaupt vom Zusammenleben der Menschen zu gestalten. Diese Absichten und Ideale literarisch zu verwirklichen, versuchte Tarnow 1921 mit dem idyllischen Versepos „Köster Klickermann". Es sind elf idyllenartige Bilder, in denen er „ut ein Kösterläben, von Lust un Lew, von Mäuhen und Sträben, von Lüd un Land un allerhand" in paarweise gereimten Versen erzählt. Die Handlung verläuft wie folgt: Der Webergeselle Heinrich Klickermann, der nach dem frühen Tode seiner Eltern eine freudlose Kindheit und entbehrungsreiche Jugend gehabt hat, kommt auf seiner Wanderschaft durch Mecklenburg in ein Dorf, das ihm gleich beim ersten Anblick gut gefällt. Die Begegnung mit der dreizehnjährigen Dürten Struck, die ihn trotz ihrer Sorgen um die pflegebedürftige kranke Mutter gastfreundlich ins Haus bittet und bewirtet, verstärkt seine Sympathien für dieses dörfliche Gemeinwesen. Bei einem Besuch im Pfarrhaus gewinnt er die Zuneigung des erfahrenen Dorfgeistlichen und willigt ein in dessen Vorschlag, im Ort zu bleiben und Küster, d. h. Kirchendiener und Schullehrer, zu werden. Vom Pastor fürs erste unterwiesen und auf die ungewohnte neue Tätigkeit vorbereitet, wird er bald in das Amt als Küster eingeführt. Er bewährt sich durch einen Unterricht, der zur Zufriedenheit aller ausfällt.

Nachdem sieben erfolgreiche Dorfschullehrerjahre, in denen Klickermann als Junggeselle bei Mudder Bahlken in Kost ist, hinter ihm liegen, wird die inzwischen zwanzigjährige Dürten Struck seine Braut. Sie heiraten, ziehen glücklich ins Schulhaus ein und wissen sich in den bescheidenen Wohnräumen zufrieden einzurichten. Es geht voran in ihrem Leben. Dürten besorgt umsichtig Wohnung, Haus, Hof und Garten. Klickermann geht seiner fleißigen Frau zur Hand und betreibt nebenbei noch Imkerei. Er entwickelt sich zu einem von Kindern und Eltern geachteten Lehrer, zu einem von der Dorfbevölkerung geschätzten Helfer und Ratgeber in allen komplizierten Lebenssituationen.

Unter den Bedingungen der Einklassenschule verläuft Klikkermanns Unterricht auf die herkömmliche Weise. Er hat etwa vierzig Kinder aller Altersstufen vom sechsten bis vierzehnten Lebensjahr in einem Raum zugleich sinnvoll zu beschäftigen und ihnen Wissen beizubringen. Klickermann versteht seine Sache; er besitzt Überblick, hält Ordnung und praktiziert eine Methode, „dat ok nich einer müßig seet".

Auch familiär hat er das Glück an seiner Seite. Drei Jahre nach der Geburt des Sohnes Friedrich wird die Tochter Greten geboren, die mit zunehmendem Alter der Mutter in Wesen und Aussehen immer ähnlicher wird. Während sich Greten zu einem liebenswürdigen Geschöpf in natürlich-dörflicher Umwelt entwickelt, folgt Sohn Friedrich der vom Vater vorgezeichneten Bahn, nimmt Stunden in Fremdsprachen, besucht höhere Schulen und geht schließlich zum Studium der Theologie nach Rostock. Das Glück wird vollkommen, indem Friedrich das Studium erfolgreich beendet, als Kandidat in der heimatlichen Dorfkirche eine sehr gelungene Predigt hält, in der Nachbarschaft alsbald eine eigene Pfarre und die Pfarrerstochter noch dazu bekommt und indem auch Greten als Frau des Schmiedegesellen Wilhelm Stahl und Mutter zweier Söhne ein Familienleben ganz im Klickermannschen Sinne führt.

Dann aber kommt eine kummervolle Zeit. Der inzwischen siebzigjährige Klickermann verliert seine Frau. Sterbend nimmt sie Abschied von ihm und den Kindern und bekennt: „För Di un ehr hew ick blot läwt." In diesem Sinne will sie weiter sorgen, und – auf ein Zusammenleben nach dem Tode hoffend – verspricht sie: „Mak baben all Quartier för Di." Noch hat Klickermann den Schmerz über den Tod seiner Frau nicht verwunden, da trifft ihn neues Leid: Der erste Weltkrieg war ausgebrochen und hatte seinen Enkel, Hinnerk Stahl, der freiwillig an die Front gegangen war, als Opfer gefordert. Er tröstet sich und die Eltern damit, daß es Gottes Wille gewesen sei. Gar nicht kann er sich hingegen mit dem negativen Verlauf des Krieges und mit der Entwicklung in Deutschland nach der militärischen Niederlage abfinden. Darum feiert er die in die Heimat zurückkehrenden Krieger als Helden, denn versagt habe nicht der Soldat, sondern der Mann hinter der Front. Er mißbilligt alle demokratischen Bewegungen, die von der Novemberrevolution 1918/19 in Deutschland ausgelöst werden, und, wo er kann, legt er selber Hand an, sie in Keime zu erdrücken, wie beispielsweise bei der Unterbindung der ebenso naiven wie zaghaften Schülerratsbestrebungen an seiner Schule.

Hochbetagt nimmt Klickermann an seinem 80. Geburtstag Abschied vom Schuldienst. Es fällt ihm schwer, aus seiner Arbeit, die er nahezu sechzig Jahre lang rechtschaffen und mit Hingabe versehen hat, zu scheiden. Doch er fühlt auch, daß er müde geworden und sein Ende nahe ist. Er sehnt sich nach Ruhe, die er an der Seite seiner Frau zu finden wünscht. –

Das Geschehen um die Zentralfigur Klickermann wird nicht in fortlaufender Handlung geschildert, sondern in Episoden, in idyllenartigen Genrebildern.

Tarnow gestaltete die Szenenfolge in Anlehnung an den Ablauf der vier Jahreszeiten „Frühjohrstied", „Sommertied", „Harwsttied" und „Wintertied", denen er die Lebensstufen Klickermanns symbolisch als Zeit der Jugend, der Reife, des Alterns und des Sterbens zuordnete. Damit war ihm ein Zeitrahmen von beachtlicher Dimension gegeben. Er nutzte ihn, um das Leben des Helden in allen seinen wichtigen Phasen bis hin zum Tode darstellen zu können. Das literarische Anliegen, das Tarnow zu verwirklichen suchte, brachte er in einem Brief vom 8.2.1922 an den mecklenburgischen Großherzog wie folgt zum Ausdruck: „Ich habe mich bemüht, in dem Werk die Schönheiten und Vorzüge unserer alten, guten Zeit in schlichter Weise zu schildern."

Tarnow erwies sich als treuer Anhänger der guten, alten Zeit. Er war so fest von ihrer gesellschaftlichen Notwendigkeit überzeugt und glaubte so unerschütterlich an ihrer Wiederkehr, daß es bei ihm kein schmerzliches Erinnern und keine Spuren eines sentimentalen Nachtrauerns gab. Einer Insel gleich, die dem Sturm „fragwürdiger" gesellschaftlicher Neuerungen getrotzt hatte und auf der menschliche Zwietracht und fremde Kultur noch kein „Unheil" anrichten konnten, erschien ihm das Dorf mit seinen friedvoll-bescheidenen, ungetrübten Lebensformen.

Ein solches Dorf war der Nährboden, auf dem sich Heinrich Klickermann entwickeln und seinen Idealen gemäß verwirklichen durfte. Den beschwerlichen Weg vom armen Webergesellen zum angesehenen Dorfschullehrer konnte er mit Erfolg zurücklegen, weil er über Eigenschaften verfügte wie Beharrlichkeit und Willenskraft, Mut und Gottvertrauen sowie Güte und Bescheidenheit. In diesem Mikrokosmos einer harmonischen Dorfgemeinschaft, in der weder soziale noch menschlich-moralische Spannungen existierten, fügte sich Klickermann bereitwillig ein. Sie nahm ihn auf und gewährte ihm Hilfe und Entfaltungsmöglichkeiten. Er gab ihr mit seinen Mitteln zurück und trug dazu bei, daß diese kleine Welt heil und stabil blieb, auch dann noch, als Notsituationen und Gefahren von außen eindrangen und Wunden schlugen.

Es war ihm ein Bedürfnis, sein Verhalten stets so einzurichten, wie es den Moralvorstellungen des bürgerlichen Tugendkanons entsprach. Er arbeitete und lebte vorbildlich: als tüchtiger Lehrer, hilfsbereiter Dorfinsasse, treuer Ehemann und fürsorglicher Familienvater, als Repräsentant des Dorfes mit vaterländisch-deutscher, in Teilen auch völkischer Gesinnungstreue und als hochgeehrter Greis, der auf ein erfülltes Leben zurückblicken konnte. Viele Szenen im „Klickermann" sind anschaulich in leicht faßlichen Bildern dargestellt, die den Leser von heute faszinieren. Sein Interesse gilt vor allem dem Helden, und zwar immer dort, wo dieser im Alltag des Lebens zu bestehen hat und sich zu bewähren weiß. Das Werk als Ganzes erweist sich aber als nur wenig realistisch und gesellschaftskritisch. Es stellt einen Rückzug dar in die wirklichkeitsentrückte Romantik einer dörflich-patriarchalischen Idylle.

Kraftvolle Wirklichkeitsnähe geht von jenen Teilen des
 „Klickermann" aus, in denen Tarnow zu interessanten, für die

Kulturgeschichte Mecklenburgs aufschlußreichen Aussagen gelangt, in denen er schildert, wer unter welchen Bedingungen Dorfschullehrer werden konnte, wie das Privatleben eines Kösters verlief, wie er wohnte und womit er seine und seiner Familie Ernährungsgrundlage sicherte, vor allem aber, wie er unter den Bedingungen der mecklenburgischen Einklassenschule den Unterricht gestaltete. Anschauliche Einblicke in den mühevollen Verlauf eines solchen Dorfschulmeisteralltagslebens gewährt Tarnow in dem Abschnitt „Warkeldaag", der zu den besten des Buches gehört.

Das vorletzte Kapitel des „Klickermann", überschrieben mit „Iernste und narrsche Tieden", enthält zahlreiche zeitgeschichtliche Reflexe, die sich im Verlauf und Ausgang des Ersten Weltkrieges sowie mit Auswirkungen der deutschen Novemberrevolution von 1918/19 beschäftigen. Den Weltkrieg, der als „Unheil" gekommen war, als „heilige Sache" fortgeführt wurde und als „nationale Schande" beendet worden ist, bezeichnet Tarnow als „iernste Tied". Was danach folgte, also die Novemberereignisse, die Rätebewegung und die Weimarer Republik, nannte er „narrsche Tied", auch „willen Kram", „bösen Hopphei", Wahn, Krankheit und „grausames Spiel".

Seine gegen die revolutionären Erhebungen und deren Folgen geltend gemachten Positionen überschatteten auch jene Szene, in der Tarnow die Auseinandersetzungen zwischen Klickermann und dem an seiner Schule gebildeten Schülerrat gestaltete.

Was war geschehen? – Unruhe hatte auch Klickermanns Schule erfaßt. Speziell die Jungen, allen voran Heine Moll, Luten Bohn und Korl Beggerow, verweigerten ihrem alten Lehrer plötzlich den Gehorsam. Die ganze Welt machte Revolution, darum hätten sie einen Schäulerrat gebildet, dem nicht nur ein angemessenes Mitspracherecht im Interesse der Schüler zustehe, sondern dessen Weisungen, wie maßlos und absurd auch immer, sich Klickermann ab sofort zu unterwerfen habe. Klickermann behielt kühlen Kopf und schuf mit Hilfe seines Rohrstockes schnell wieder Ordnung. Seinen für einen Moment aufsässigen Schülern erteilte er die Lehre:

„Ich hätt hier einen schönen Schacht,
So lang'n ich den noch rögen kann,
Ist Schülerrat – Herr Klickermann!...
Süh soans würde es gemacht,
Vermöge diesen schönen Schacht!"

Tarnow war zur Gestaltung dieser Schülerratsszene von einem Vorfall angeregt worden, der sich 1918 an der von Dr. Paul Buhle 1911 gegründeten Oberrealschule in der Schweriner Bergstraße ereignet hatte. Schüler dieser Bildungseinrichtung, der Dr. Buhle als Direktor vorstand, hatten sich auf Pressemeldungen, daß in Preußen die Bildung von Schülerräten an den höheren Schulen vorgesehen sei, berufen und in der Theater-Klause am „Kleinen Moor" in Schwerin eine Versammlung durchgeführt, auf der die Gründung eines Schülerrates einmütig beschlossen worden war. Es wurde eine Resolution erarbeitet, die die Forderungen enthielt: Abschaffung der körperlichen Züchtigung; Mitspracherecht bei Beurteilungs- und Versetzungsfragen; Anrede der Schüler mit Sie; Erlaubnis, in der Öffentlichkeit rauchen und Kavalierstücher tragen zu dürfen usw. Eine Abordnung überbrachte das Papier dem Schweriner Staatsminister Sivkovich, der diesen Forderungen Nachdruck verleihen sollte. Er aber informierte den Dr. Buhle, der am nächsten Tag ein empfindliches Strafgericht abhielt. Es begann mit dem erniedrigenden Auf und Nieder, das er Dutzende Male wiederholen ließ, und die Anführer bei dieser Widersetzlichkeit mußten – vor der Klasse stehend – aus der Bibel den Spruch vortragen: „Torheit steckt dem Knaben im Herzen, aber die Rute der Zucht wird sie fern von ihm treiben." Die entsprechende Interpretation des Bibelzitates behielt er sich selbst vor. Sie führte zur augenblicklichen Auflösung des Schülerrates.

Rudolf Tarnow hat von den fraglichen Vorgängen vielleicht durch seinen jüngeren Sohn Rudi, der Schüler dieser Oberrealschule war, erfahren; möglicherweise aber auch durch Dr. Buhle persönlich, mit dem Tarnow befreundet war. Sie gehörten beide 1911 zu den Mitbegründern der Schweriner Plattdeutschen Gilde, deren aktive Mitglieder sie – Buhle als Vorsitzender und Tarnow ab 1927 als Ehrenvorsitzender – geblieben sind.

Was Tarnow schließlich in seine Schäulerratsszene aufgenommen hat, war weniger als das ohnehin schon Wenige, was sich da zugetragen hatte. Er betrachtete die Geschehnisse zudem ganz aus dem provinziellen Blickwinkel Mecklenburgs, wohin von den Ereignissen mit nationaler Tragweite kaum noch ein revolutionärer Wellenschlag gelangt war. Was andernorts in dieser Zeit mit großem geschichtlichem Ernst und kämpferischem Schwung betrieben wurde, geriet in Mecklenburg bestenfalls zu einem Spektakel, dem historische Unreife und politische Harmlosigkeit schon von fern anzumerken waren.

Tarnows Schäulerratsepisode enthält trotz einiger fortschrittsabwehrender Akzente keine generelle Stoßrichtung gegen die Novemberrevolution von 1918/19. Seine Darstellung ironisierte lediglich ein Geschehen, das von Kindern wie ein mehrfach verkleinerter revolutionärer Ableger, als en bäten Revolutschon auf eigene Faust, inszeniert worden war. Das Schäulerratskapitel stellt eine vortrefflich gelungene, köstlich geschriebene Satire auf unreifes, unüberlegtes und einfältiges Revolutionsgebaren dar, deren Lektüre unterhaltsam und vergnüglich ist, aber auch nachdenklich stimmt und neben dem zeitlichen vor allem den gesellschaftlichen Abstand ins Bewußtsein rückt, der seitdem von Generationen bewirkt worden ist.

So wenig wie die Schäulerratsbestrebungen die überlieferte Ordnung und den Schulfrieden Köster Klickermanns beeinträchtigten, so wenig wurde die „heile", kleine Dorfwelt aus ihren Angeln gehoben, nicht durch Krieg und nicht durch Revolution. Persönliches Leid wurde als etwas Unabwendbares hingenommen, revolutionäre Veränderungen weder akzeptiert noch wahrgenommen. Das Idyll der harmonischen Dorfgemeinschaft sollte erhalten bleiben. Doch wo gab es das noch in der gesellschaftlichen Wirklichkeit des Mecklenburg um 1920? Gewiß nirgends. Was Tarnow niederschrieb, entsprang allein seiner Sehnsucht nach einer Zeit, die ihm die „gute alte" dünkte.

Arnold Hückstädt

Inhaltsverzeichnis